KB237581

부드러운 칼의 노래
— 아름다운 휴머니스트 강금실

김정일 지음

한국경제신문

부드러운 칼의 노래

지혜롭고 유쾌한 시대정신

21세기 한국 사회의 가장 두드러진 특징 중 하나는 '주류(main stream)'의 교체라고 할 수 있다. 이는 진보와 개혁의 기치를 내건 한 흐름이 그 동안 인류 세계의 당위성과 권위에 기틀을 제공해 온 전통의 힘을 대신하게 되었다는 의미다.

하지만 이와 같은 특징을 곧 한국 사회의 진보세력이 보수세력에 대해 승리를 했다는 의미로는 해석할 수 없을 것이다. 격동의 한국 현대사를 통해 진보세력들은 과학적 방법과 인식의 도구 들을 발전시켜 왔지만, 이에 대응할 수 있는 균형감 있는 가치관과 비전 제시의 한 축을 담당할 만한 진정한 보수세력의 성장이라는 차원에서는 일정한 성과를 발하지 못해왔기 때문이다.

한국 사회의 보수세력들은 전체주의와 국가주의, 왜곡된 권위주의와 결합하면서 사회발전의 대안을 찾지 못했고, 이는 결국 하나의 뚜렷한 주류를 형성하는 데 실패하는 결과로 나타났던 것이다. 따라서 다시 말하면, 2003년 한국 사회의 가장 두드러진 특징은 주류의 '교체'가 아니라 진정한 주류의 '형성'에 있다고 할 수 있다.

이 같은 과정의 중심에는 '참여정부'의 출범이 놓여 있다. 한국 사회 주류의 '교체'를 갈망해 온 이른바 '386세대'가 새로운 주류 '형성'의 주역으로 등장할 수 있는 중요한 발판을 구축한 것이다.

이는 정치 · 경제 · 사회 · 문화 전반에 걸쳐 뚜렷한 개혁적 흐름으로 반영되었다. 또한 '교체'와 '형성'이라는 두 가지 과제를 새로운 시각에서 균형감 있게 실현할 수 있는 인물의 출현을 가능케 했다.

이와 같은 의미에서 '강금실' 법무부 장관의 등장은 새로운 한국 사회의 '희망'이라는 좌표를 찾아가고자 하는 시대의 필연적 요청일 수도 있지 않을까 싶다.

2003년 말 출판사로부터 강금실에 대한 원고를 청탁받은 후, 필자는 지난 참여정부 1년의 세월을 잔잔히 떠올려보았다. 2002년 대통령 선거에서부터 참으로 뜨거웠던 2003년의 한국 사회 재편과정을 더듬어가며, 그 중심에 강금실을 자리시켜 보았다. 가장 먼저 필자의 생각 속에 떠오른 풍경은 노무현 대통령이 평검사와 가진 대담에서 구석 한켠을 묵묵하게 지키고 있던 한 여인의 모습이었다. 생각이 거기에 이르자 이상하게도 가슴이 뭉클해졌다.

전국민의 관심 속에 진행된 대담은 시종일관 격렬했으며, 실제 강금실은 TV 화면에 잘 나타나지 않을 정도로 고요했다. 그런데 필자는 그 때의 기억을 더듬는 과정에서 왜 가슴이 뭉클해진 것일까. 노 대통령과 평검사들의 열정적인 대화로 가득 찬 그 공간의 배경으로 누구 못지않은 열정을 가진 듯한 강금실이 자리하고 있었기 때문이 아닐까.

냉정과 열정 사이에 자리한 강금실 장관. 그는 온 몸으로 그 대담의 온도를 조절해 가며 지혜롭게 앉아 있었는지도 모른다. 즉 강금실은 그 상황에 가장 적합한 아름답고 용기 있고 지혜로운 여인이었던 것이다.

그 후 필자는 무엇엔가 홀린 듯 강금실의 궤적을 좇아다니며 그의 매력에 점점 심취되어 갔다. 결국 강금실의 2차적 삶이 아닌 1차적 근원의 삶, 즉 정치인으로서가 아니라 아름다운 자연인으로서 그의 매력에 흠뻑 물들고 말았다. 그는 진정 한국 사회의 모든 기제를 흥분시키는 것 같았다.

놀기 좋아하고, 무엇보다 사랑을 가장 소중히 여기며, 돈도 없고, 권력에 대한 욕망도 없는 한 사람이 어떻게 시대적 요청에 걸맞은 직무를 당당히 수행해 나가면서 한국 여성이 존경하는 인물 1위, 직장인이 모시고 싶어하는 상사 1위, 더 나아가 차기 한국인 지도자로까지 거론될 수 있는 것일까?

이 책은 한국 사회가 절실하게 요구하는 희망의 코드로 새롭게 떠오른 강금실 장관의 정치적 · 사회적 삶이 아닌 인간적 ·

감성적 삶의 풍경을 조명하고 있다. 아울러 그 안에는 오랫동안 정신과 전문의로 일하면서 필자 나름대로 쌓아온 다양한 인간적 시선이 녹아들어 있다.

그가 이 격동의 시대에 어떻게 자신을 담금질해 왔으며, 이 사회를 오랫동안 짓눌러온 사회 전반에 걸친 권력의 억압을 어떻게 극복해 왔는지, 그 과정에서 보여준 그의 일관된 가치관과 지혜는 어디에서 나왔는지 등을 살펴보는 것은 무척 흥미로운 작업이었다. 한 마디로 이 시대의 유쾌한 정신을 만난 느낌이었다.

오랜 경제침체와 사회적·정치적 대변혁을 맞이한 현 한국 사회는 그 구성원들의 일정한 고통을 담보하고 있다. 이 같은 난관을 자신만의 지혜롭고 멋진 방식으로 통과하고 싶은 독자에게, 이 책을 권한다.

2004년 1월

김 정 일

| 차 례 | CONTENTS

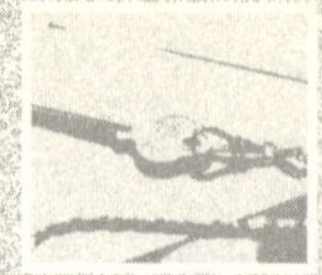

■지은이의 말 | 지혜롭고 유쾌한 시대정신 **005**

1 '쿨'한 사회의 '쿨'한 코드 강금실 012

2 유쾌한 유목민들이 만들어가는 참여세상 030

자유롭고 유쾌한 유목민 **033**

노무현 대통령과 강금실 장관 **045**

사랑의 초원이 키운 위대한 권력, 칭기즈 칸 **074**

3 아름다운 휴머니스트 082

사랑을 좋아하는 자유인 **085**

익숙하지만 매우 낯선, 신(新)인간 **098**

인권주의자 강금실 **104**

강금실의 재테크 **112**

자유인과 경계인 **121**

춤을 좋아하는 장관 **129**

4 부드러운 직선　　　**138**

나는 소망한다, 내게 허락된 것을　**141**

사람은 어디에서나 사람을 만난다　**156**

아름다운 구속은 없다　**166**

부드러운 칼의 노래　**178**

5 새 로 운　문 화 의　키 워 드　'강 금 실'　　　**184**

우리 사회를 위한 희망의 좌표 찾기　**187**

사랑의 권력　**193**

감성의 리더십　**202**

열린 사회, 열린 소통을 위하여　**210**

■맺음말—이 사회의 또 다른 '강금실'을 위하여　**215**

1

'쿨'한 사회의
'쿨'한 코드 강금실

바라보는 시선에 억압되지 않고, 자기 패션의 진정한 주인으로서

당당함과 솔직함을 맵시 있게 차려 입은 강금실 법무부 장관.

그는 진정한 자신의 욕망과 사랑을 찾아 떠나는

바람난 사회의 쿨한 패션 리더다.

바야흐로 우리는 현재 어떤 모습으로, 어떤 사회에서 살고 있는가의 지점을 떠나 어떤 방식으로, 어떤 사회를 만들어나갈 것인가의 과제에 이르러 있다. 그리고 많은 사람들은 기존의 사회적·정치적 질서와 문화와는 전혀 다른 새로운 '소통'을 꿈꾸며 자기 자신의 온전한 주인으로서 앞으로 나아가고 있다. 이는 또한 필자가 이 책의 출발점으로 삼고 있는 지점이기도 하다.

역대 어느 정부에서도 강금실 장관만큼 대중의 열광적인 지지와 사랑을 받은 인물은 없었다. 그렇다면 왜 그는 대중에게 이토록 엄청난 영향력을 발휘할 수 있는 것일까.

이에 대한 해답은 법무부 장관이라는 정치적 지형도에서가 아니라, 강금실이라는 한 자연인이 이 사회의 사회적·문화적 코드로서 일반 대중과 맺고 있는 새롭고 의미 깊은 정서적 '관계'에서 찾아야 할 것이다.

2003년을 보내는 한 송년모임 석상에서 필자는 다음과 같은 질문을 던졌다.

"제가 지금 강금실에 대한 글을 쓰고 있어요. 그래서 그런데, 강금실은 왜 그토록 올 한햇동안 사람들에게서 사랑을 받았을까요?"

그러자 필자와 친분이 있는 사진작가 한 분이 다음과 같이 질문을 받았다.

"한 마디로 그녀는 '쿨(cool)' 하죠. 자신의 자리에 별로 매달리는 것 같지도 않고, 사람들의 인기를 한몸에 받고 있지만 정작 자신은 그 인기에 그다지 신경을 쓰지 않죠. 역설적으로 들리겠지만, 바로 그 점이 대중들의 사랑을 꾸준히 유지시키는 비결일 것입니다."

필자가 수첩을 꺼내 '그녀는 쿨하다' 라고 적어 넣으려고 하는 참에, 다음과 같은 말이 가슴을 파고들었다.

"허허, 쿨한 사람에 대한 글을 쓴다면서, 정작 김 박사는 쿨한 사람이 아니네요. 그냥 물 흐르듯, 생각이 자연스럽게 닿는 그 곳에서 자연스럽게 떠오르는 느낌을 중요하게 여겨야 하지 않을까요? 촌스럽게 강금실을 어떤 틀에 맞추어 분석한다면, 실패하고 말 것입니다."

'쿨'에 대한 사전적 정의를 살펴보면, '어느 경우를 막론하고 냉정함과 자기 통제력을 잃지 않는 것', '자기 감정의 기복을 조절하는 것', '너무 뜨겁지도, 너무 친근하지도 않은 거리 유지' 등이라고 할 수 있다. 즉 쿨에는 '타인에게 적당히 친절하되 감정적으로 지나치게 얽매이지 않는 자유인'에 대한 환상이 깃들여 있는 것이다.

2003년에 개봉한 영화 중 유난히 필자의 관심을 사로잡은 작품이 있다. 바로 홍상수 감독이 만든 〈바람난 가족〉이다. 그 마지막 장면을 잠깐 들여다보자.

우여곡절 끝에 결국 아내 앞에 다시 선 남편이 말한다.

"앞으로 잘 할 게."

그러자 아내는 차가운 미소를 지으며 말한다.

"당신, 아웃이야."

영화관을 빠져나오며 필자는 더 이상 우리 사회가 '가족'을 권장하는 사회가 아님을 느낄 수 있었다. 지금껏 우리 사회를 지탱해 온 '희생'과 '용서'에 바탕한 가족적인 풍경은 무대 저편으로 사라지고 있다. 돌아온 탕자는 결코 받아들여질 수 없으며 각자의 삶에 있어 '가족' 이 걸림돌이 된다면, 이는 모두 '아웃' 당하고 만다.

"당신, 아웃이야!"

이 통쾌한 외침 앞에서 사람들은 설명할 수 없는 카타르시스를 맛본다. '아웃' 과 '세이프' 에 대한 판단 기준이 외부에서 주어지는 것이 아니라, 바로 자기 자신의 내면에 들어 있음을 깨닫게 되는 커다란 만족의 순간이다. 굴레와 억압의 껍데기를 벗고, 자기 자신의 솔직한 내면을 밖으로 표출하고자 하는 사람들의 욕망과 기호가 우리 사회를 '쿨(cool)' 한 사회로 이끌어 가고 있다.

그리고 쿨한 대중의 전위에 '강금실' 이라는 쿨한 아이콘이 자리하고 있다.

울며불며 매달리지 않고, 뒤끝 없고, 솔직하면서도 깔끔한 그 매력적인 아이콘이 가리키는 사회적·문화적 함의를 클릭해 보도록 하자.

바람난 패션의 리더 강금실

현재 우리 사회에서 이른바 '바람났다' 라는 시대적 정의는 '익숙한 것들과의 결별' 을 의미한다. 여기서 말하는 '익숙함'

이란 곧 '전통'에 의한 규정들이다. 따라서 전통은 늘 '규정'을 추구한다.

다시 말하면, 규정짓기를 통해 효율적인 사회 통제를 시도하는 것이다. 이 같은 규정에서 벗어나고자 하는 사람에게는 다시금 부도덕과 부정이라는 '규정'을 뒤집어씌운다.

어디로 갈 수도 없고, 어디로 가지 않을 수도 없는 사람들에게 늘 따라다니는 이 '규정'의 굴레는 전통의 힘에 의해 구축된 획일적인 질서에 순응토록 만든다.

지금껏 우리 사회에는 이 같은 전통이 창조해 낸 두 가지 '패션'이 개인의 의식과 삶을 규정해 왔다. 이른바 가지지 못하고 배우지 못한 사회적 약자를 가리키는 '블루칼라'와 지식과 명예와 부를 갖춘 엘리트를 상징하는 '화이트칼라'다.

이 같은 이분법적 사회구조 안에서 우리 사회는 패션이라고 해봤자, 고작해야 '찢어진 청바지'나 몇몇 색깔의 '넥타이 부대'를 선보였을 뿐이다.

서로의 검정교복에 하얀 밀가루와 계란을 던지며 학교를 졸업한 뒤 사회에 진출해서는, 기존 사회질서 중 어느 한 곳에 소속될 것을 강요당한 채 사회적·경제적 발전의 물적 토대를 이루며 자신의 꿈과 욕망을 억압받아 온 것이다. 따라서 지난 시절 우리 사회에서 '패션'이란 개인의 꿈과 욕망의 반영이 아닌,

그가 속한 집단의 가치와 얼굴을 반영해 온 것이다.

정치인에게는 정치인에게 맞는 체면이 있고, 공장 직공에게는 공장 직공에 맞는 차림이 있으며, 여성에게는 여성스러운 화장과 맵시가 있다. 이러한 사회적 신분상의 구분은 매우 엄격했는데, 여기에서 벗어난 자는 이른바 '바람난' 사람으로 비난받을 수밖에 없었다.

그런데 2003년 초 우리 사회에 '바람난' 패션을 주도하는 인물이 나타났다. 바로 강금실이다. 그는 지금껏 우리가 보아온 법무부 수장의 모습과는 전혀 다른 얼굴을 하고 있었다. 무릇 정치인에게는 정치인에게 맞는 권위와 체면의 옷차림이 있거늘, 강금실은 도무지 이 질서와 법도에 맞지 않았다.

따라서 그의 출현은 경직된 사회구조와 획일적인 패션에 젖어 있던 사람들의 눈길을 사로잡았으며, 기존의 전통적인 시선들을 일순간 당혹감에 빠뜨리고 말았다.

아니나다를까, 먼저 전통적인 시선들은 강금실의 옷차림부터 물고 늘어졌다. 보라색 숄을 걸치고, 짧은 스커트 차림에 다리를 꼬고 앉아 있는 모습에 적잖이 심기가 불편했던 것이다. 이는 형식적인 면에서는 차이가 있겠지만 결국 '홈드레스'를 입고 직장에 출근한다는 비난으로 이어졌다.

"강금실은 탤런트 공모에나 나가면 딱 좋을 사람이다."

"여자와 말싸움하면 지게 마련이다. 강금실 장관도 마찬가지다. 자유분방함과 진지함, 그리고 여성스러움이 그녀를 마구 몰아붙이지 못하게 한다."

이에 대해 강금실 장관은 다음과 같은 소신을 밝힌다.

"보라색은 제가 가장 좋아하는 색입니다. 기분 좋은 시작을 위해서 입었을 뿐입니다."

마침내 우리 사회에서 가장 권위적이고 전통적인 문화권에서 패션이 집단주의의 가면을 벗고 진정한 개인의 욕망을 드러내는 순간이다. 정치인에게 맞는 옷으로 갈아입을 것을 정면으로 거부한 것이다.

이는 또한 전통적인 시선들이 강요해 온 '여성스러움'에 대한 평가 기준을 바꾸어놓는 계기가 되었다. 처음부터 '남성다움'이라든가 '여성스러움'과 같은 구분은 잘못된 것이다. 한 사회의 패션은 그 사회를 구성하고 있는 사람들의 개인적 욕망과 기호를 지향하고 있어야만 한다.

이 같은 지향이 각각의 개성 표현에 대한 '존중'을 낳는다. 한 개인의 욕망을 자꾸만 전통적인 잣대를 통해 여러 집단 이곳저곳에 배치·편입시키는 사회는 역사 앞에서 퇴보만을 거듭할 뿐이다.

어느 자리에서 어느 옷을 입을 것인지는 무엇보다 먼저 그 옷차림의 주체인 '나 자신'이 알아서 할 문제다. 그러고 나서 그 옷차림의 주체인 '개인'의 욕망을, 그것을 바라보는 대상의 시선이 '존중'할 수 있을 때 비로소 진정한 패션이 창출된다. 바라보는 시선이 표현하는 시선을 규정하는 사회는 쿨한 대중에 의해 외면당할 수밖에 없다.

인권 변호사 시절, 강금실이 소설가 장정일의 《내게 거짓말을 해봐》라는 작품의 음란성 시비를 놓고 검찰에 맞서 "이 소설이 음란한지의 여부는 그것을 받아들이는 개인의 수위에 전적으로 달려 있다"라는 결론에 이른 것도 이와 같은 맥락에서 해석할 수 있을 것이다.

전통적인 시선들이 당혹감을 감추지 못하는 동안, 우리 사회를 이끌어가는 쿨한 대중은 다음과 같이 강금실 장관에게 환호한다.

"강금실은 탤런트 시험을 봐도 좋을 만큼 탁월한 패션 감각의 소유자다."

"강금실에 맞서 논쟁하는 정치인은 대부분 두손을 들고 만다. 그는 자유분방하고 진지하며, 그 자신 특유의 여성성을 현실 정치에 솔직하고 당당하게 접목시킬 줄 아는 인물이다."

이처럼 자신이 좋아하는 취향의 옷을 입은 사람은 솔직하고 매사에 자신감에 넘치게 마련이다. 따라서 강금실은 국정감사와 같은 엄숙한 회의장에서도 스스럼없이 콤팩트를 꺼내서 화장을 고치는가 하면, 종종 하품을 하기도 한다.

이는 전통적인 시선들에 따르면, 무대 뒤편에 마련된 화장실 거울 앞에서나 해야 할 일에 속한다. 하지만 강금실은 상대에게 예쁘게 보이거나 잘 보이기 위해 옷을 입은 것이 아니다. 따라서 그는 자신의 매무새를 고치는 데 상대를 의식하거나 뒤로 감출 것이 없다.

바라보는 시선에 억압되지 않고, 자기 패션의 진정한 주인으로서 당당함과 솔직함을 맵시 있게 차려 입은 강금실.

그는 진정한 자신의 욕망과 사랑을 찾아 떠나는 바람난 사회의 쿨한 패션 리더다.

가장 모시고 싶은 직장 상사 '강금실'

2003년 강금실은 20~30대 직장인들이 '가장 모시고 싶은 직장 상사'에 선정되었다. 이는 우리 사회가 '집단'을 권하는 문화에서 '개인'을 중시하는 '쿨' 권하는 문화로 이동하고 있음을 단적으로 보여준다.

지금껏 우리 사회는 이른바 '후일담' 문화에 바탕하고 있었다고 해도 과언이 아닐 것이다.

즉 1980년대 문화는 1970년대 유신정권의 공포정치에 따른 '두려움'을 반영하고 있고, 1990년대 문화는 1980년대 민주화운동의 '상처'와 '좌절'을 담고 있다. 이처럼 한 시대와의 결별이 아니라 '익숙한 것들' 끼리의 끈끈한 유대감이 "이왕이면 더 큰잔에 술을 따르고, 이왕이면 마주앉아 마시자"라는 직장문화를 형성시켜 온 것이다.

그러나 2000년대에 나타난 '쿨' 세대는 이 같은 전통적인 직장문화와는 거리가 멀다. 그들은 직장 상사나 선배들이 강권하는 폭탄주를 단호히 거부한다. 그 거부의 대가로 직장 생활에 있어서 따돌림을 당한다거나 조직 내에서 소외된다 할지라도 자신의 판단과 욕망을 가장 우선시한다.

이는 특히 1997년 IMF 금융위기를 겪으며 우리 사회에서 '평생 직장' 이라는 개념이 점점 사라지면서 두드러진 현상이라고 할 수 있다.

어차피 평생 다니면서 평생 볼 사람들도 아닌데, 내키지 않는 충성을 서약하거나 끈적끈적한 유대를 강요당할 이유가 추호도 없는 것이다.

쿨 세대는 끈적거리는 가족주의적 유대가 아니라 깔끔한 수평적 대인관계, 군사문화에 바탕한 상명하달식 업무 시스템이 아닌 각 개인의 능력과 소질을 발휘할 수 있는 창조적 업무 프로세스를 추구한다.

이처럼 집단보다는 개인을 중시하는 쿨 세대는 이 땅의 많은 어른들에게 '버르장머리 없는' 이기적 인간으로 비칠 수도 있지만, 정작 당사자들은 꿋꿋하다.

따라서 그들은 '어느 학교 나왔는가', '고향이 어디인가', '군대는 다녀왔는가' 등의 편협한 잣대를 들이대며 추근덕거리는 상사보다는 '당신은 어떤 방식으로 일을 하는가', '지금의 이 프로젝트에 대한 견해는 어떠한가' 등을 함께 논의할 수 있는 쿨한 상사를 원한다.

그들이 가장 모시고 싶어하는 직장상사로서 강금실을 꼽는 이유가 바로 여기에 있다.

강금실은 그들이 찢어진 청바지를 입고 출근을 하든, 머리를 파랗게 물들인 채 회의에 들어오든 상관하지 않는다. 그것은 단지 '기분 좋게 일을 시작하려는' 마음가짐의 적극적인 표현일 뿐이기 때문이다.

쿨 세대는 강금실이 상명하달에 바탕한 권위주의적 업무 시스템을 천성적으로 싫어한다는 사실을 잘 알고 있다. 이는 강금실이 e-메일을 통해 전국 검사들에게 보낸 편지에서도 엿볼 수 있다.

역대 어느 장관이 그와 같은 따뜻한 연서(戀書)를 부하들에게 보낸 적이 있겠는가. 이는 부하들을 진심으로 존중하고 사랑하는 그의 성격을 단적으로 보여준다.

또한 강금실은 2003년 7월 법무부 실·국장 회의에서 "매일 책상 앞에 앉아 있는다고 일이 잘 된다고 생각하지는 않는다. 사무실을 벗어나서 편안한 휴식과 새로운 경험을 해봐야 업무능률도 높이고 창의적인 사고를 할 수 있다. 모든 직원이 7일 간 휴가를 반드시 다녀오라. 특히 직원들의 휴가가 제대로 이루어졌는지 사후에 점검하겠다"라고 지시함으로써 아랫사람들의 창의적인 업무 프로세스를 중요하게 여기고 있음을 보여주었다.

아울러 '카르페 디엠(carpe diem : 삶을 즐기라는 뜻의 라틴어)'이라는 표현을 애용함으로써 즐거운 직장생활을 강조한 적도 있다.

이처럼 집단주의 속에서 개인성이 매몰되어 온 우리 사회에서 쿨 세대가 가장 모시고 싶어하는 직장 상사로 강금실을 꼽은 것은 허례허식과 과장, 명분과 관계에 대한 집착이 강한 이른바 '어른' 문화의 풍토에 중요한 시사점을 던져주고 있다.

더 이상 평생 직장이란 존재하지 않는다는 것, 그리고 자신을 영원히 감싸줄 수 있는 보호막이나 집단은 존재하지 않는다는 사실을 잘 알고 있는 쿨한 세대가 자신들의 직장 파트너로서 강금실을 선호하는 것은 집단주의에 따른 시대적·사회적 부담에서 벗어나 진정한 삶의 의미와 가치를 찾아 언제든지 떠날 수 있는 여건을 제공해 줄 수 있는 최적임자로서 생각하고 있음을 반영하는 것이라 하겠다.

차세대 한국인 지도자 강금실

강금실은 세계경제포럼(WEF)에 의해 '차세대 한국인 지도자'로서 선정된 바 있다. 아울러 〈비즈니스 위크〉가 뽑은 '아시아 스타 25인'에 포함되기도 했다. 이처럼 국내뿐 아니라 대외적으로도 강금실 장관이 주목받고 있는 가장 근본적인 이유로는 물론 그 자신의 뛰어난 지도력을 들 수 있을 것이다. 하지만 이제 겨우 입각한 지 약 1년밖에 되지 않는, 정치에 있어서는 초년병이라 할 수 있는 강금실 장관에게 세계적인 언론이 주목하는 데는 또 다른 중요한 함의가 있다.

이는 곧 기존 한국 사회의 정치적 관행과 풍토가 급격하게 해체되고 있다는 것이다. 즉 한 마디로 말해 한국 사회가 '술' 권하는 사회에서 '쿨' 권하는 사회로 급격히 이동하고 있다는 것이다.

이른바 '노무현을 사랑하는 모임(노사모)' 을 주축으로 한 인터넷 미디어 선거운동이 2002년 대통령 선거에서 결정적인 역할을 했다는 평가가 이를 단적으로 보여준다.

이제 한국 사회에서 더 이상 권위주의에 바탕한 보스 정치는 통하지 않는다. 따라서 강금실을 따라다니는 '차세대 여성 대통령 후보 1순위', '차세대 한국인 지도자' 라는 평가는 그저 공허한 메아리가 아니라는 것이다.

21세기 한국 사회의 주체세력으로 떠오른 쿨 세대가 그 외연을 지속적으로 확장시키는 데 성공한다면, 강금실의 정치적 역량은 무서운 속도로 성장 · 발전할 수 있다.

이미 이와 같은 움직임은 곳곳에서 나타난다. 그 대표적인 예로 인터넷에 기반한 강금실 정치후원회가 날로 성장하고 있다는 사실을 들 수 있다.

연세대학교 조한혜정 사회학과 교수는 〈한겨레21〉과의 인터뷰를 통해 쿨 세대에 대해 다음과 같이 분석한 바 있다.

"이런 시대의 미덕은 선뜻 포기하는 것, 올 때 오고 갈 때 가는 것, 집착하지 않는 것, 상대의 의사와 감수성을 존중하는 것이다. 다원화된 사회의 다양한 시민들이 존중되는 질서를 만들어가려면 예전과는 전혀 다른 관계 맺음의 원칙과 감수성이 필요하다.”

이제 한국 사회의 젊은 유권자들은 집단주의의 보편성 속에 들어 있는 미덕을 포기하고, 기존과는 전혀 다른 관계형성, 즉 개인의 의사와 감수성이 존중받는 사회로 나아가기를 원하고 있다.

그리고 그 과정을 이끌어갈 수 있는 지도자로서 강금실을 폭넓게 지지하고 있는 것이다.

2

유쾌한 유목민들이
만들어가는 참여세상

제가 바라는 것은 '국민에게 당당한 검찰', '자랑스러운 검찰' 입니다.
저는 여러분과 같이 일해 가는 과정에서 결코
무리하게 서두르지 않을 것입니다. 모든 분들의 의견을 들어가면서
'모두가 기쁘게 동참하는 개혁'을 이루고 싶습니다.

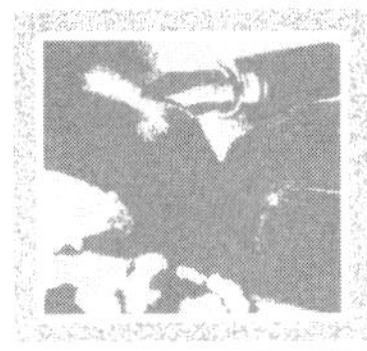

자유롭고 유쾌한 유목민

　강금실은 한 월간지와의 인터뷰에서 권력의 문제는 자신이 평생 고민하는 화두 중 하나라고 밝힌 바 있다. 아울러 인간 존재의 근본적 이해를 위해서는 권력과 자유, 그리고 사랑에 대해 고민해야 할 것이라고 덧붙였다. 인간이라는 존재를 이해하기 위해 고민해야 할 화두가 '권력', '자유', '사랑'이라면 이 시대를 이해하기 위해 고민해야 할 화두는 정녕 무엇일까? 필자는 다름 아닌 '변화'라고 생각한다.

　'변화'라는 화두를 부여잡고 고민하고 이해하고 깨닫고 받아들이지 못한다면, 친구 · 연인 · 가정 · 직장 · 사회생활 등 인생 전반에 걸쳐 그 진정성의 참된 주변을 가꾸지 못하게 된다. 이미 시대 지평의 저편으로 멀리 물러난 과거의 잣대로 전통을 운운하는 사람을 상대해 주기에는 현 시대가 매우 분주하고, '내일'의 삶은 자고 일어나면 너무나 새롭기 때문이다.

이는 마치 첨단무기의 전장에서 재래식 총칼을 들고 맞서자는 것과도 같다. 제아무리 이공계의 앞날이 어둡다고 우려하고, 또 이공계 진학을 권장한다고 해도, 과학문명의 빠른 변화를 받아들여 창조적·성공적으로 현실에 적응케 하는 해법이 구체적으로 제시되지 않는 한, 장래가 촉망되는 학생들의 싸늘한 외면을 막을 길 없다. 그만큼 우리는 오늘날 변해야 살 수 있고, 변화만이 곧 미래 삶의 안정을 견인한다.

이 시대의 빠른 변화를 불러온 것은 곧 과학문명이다. 과학문명의 급속한 발달로 시대정신 또한 빠른 움직임을 보여왔다. 이 빠른 발전과 변화를 따라가지 못하면 주저앉은 채 물끄러미 낙오할 수밖에 없다.

그렇다면 이 변화의 시대에 효과적으로 적응할 수 있는 방법에는 무엇이 있을까? 쉽게 말하면, 바로 일인자가 되는 것이다. 오늘날 사회에서는 일인자가 되든지, 아니면 적어도 일인자 그룹에 참여할 수 있어야만 변화의 급물살을 맞이해 효율적으로 적응할 수 있다. 언제, 어떻게 변할지 모르는 무수한 인생의 갈림길에서 늘 선두에 자리하지 않는 한 누구나 '낙오' 라는 이정표를 따라갈 가능성을 가지고 있다. 일인자가 되면 자신의 삶, 나아가 사회의 주요 흐름을 지배 또는 통제할 수 있는 힘을 획득할 수 있다. 그러나 선두 대열에서 탈락하면 오늘날 눈부신 변화의 무대에서 쓸쓸하게 퇴장해야 한다. 과학문명이 달성한 물적 풍요의 기본적인 조건만을 곱씹으며 근근히 살아야 한다. 술병을 든 채 절망을 베고 누워서 말이다.

일인자가 되기 위해 각축하고 이합집산하는 현대는 이른바 전통적 의미의 칭기즈 칸이 부재하는 새로운 초원의 시대라고 할 수 있다. 수많은 테무친(유목민)들이 동맹과 배반의 연속선상에서 정벌과 확장을 꿈꾸는 드넓은 땅이다. 옛 초원에서는 모든 일인자가 각광을 받았다. 천하를 호령하는 일인자가 되지 못한 사람들은 메마른 땅에 유배된 채 하나하나 역사의 뒤안길로 사라져 갔다.

오늘날의 인류는 지극한 혼란에 빠져 있다. 더 이상 사회 흐름을 지배할 수 있는 통일적이고 강력한 힘이 나타나지 않고 있다. 과거의 전통을 기억하는 일부 사람들은 인류 사회를 설득·통합할 수 있는 이데올로기, 강력한 지도자의 출현을 기다리고 있다. 마치 혼란한 초원을 통일시켜 줄 전설적인 한 영웅을 기다리듯 말이다. 하지만 이는 더 이상 희망의 찬가가 아니다.

강력한 세계 흐름이라고 할 수 있는 미국이 존재하지만 세계 곳곳에서는 여전히 테러가 지속되고 있다. 9·11 테러는 힘의 논리를 앞세운 미국의 강요된 질서가 한순간 얼마나 허망하게 무너질 수 있는지를 잘 보여주는 사건이었다. 상대적인 의미에서 화합과 타협의 정치를 보여주었던 빌 클린턴이 대통령직을 수행할 때는 다소 조용했던 시대가 힘에 바탕한 지배자의 욕망이 직접적으로 한 흐름에 반영되자, 세계는 9·11 테러로 맞선 것이다.

북한 핵사찰, 대량살상무기 확산 방지를 이유로 온갖 물리적·강제적 힘을 행사했지만, 죽음을 각오하고 자신의 의지를 관철하고자 하는 몇몇 신념에 찬 개인의 저항을 당해낼 재간이 없었던 것이다.

이라크 전쟁에 참여했다가 잠시 미국으로 돌아갔던 병사 7,000명이 자신의 부대로 귀환하지 않았다는 보도는 동의에 바탕하지 않은 왜곡된 힘이 더 이상 위력적인 통제 수단이 되지 못하고 있음을 잘 보여준다. 어떤 첨단무기도 신념과 의지를 갖춘 인간을 꺾을 수 없다는 진리를 오늘날 우리는 직·간접적으로 체험하고 있는 것이 아닐까.

입국자의 지문을 채취하고 사진을 찍는 등 온갖 방어기제를 동원해도 인간의 감정은 막을 길이 없다. 심리학적 차원에서 감정은 어떻게든 뚫고 나갈 길을 찾기 때문이다.

바야흐로 현대는 더 이상 생존이 아니라 감정이 주요 문제로 떠오르고 있는 시대로 접어들고 있다. 만일 어떤 당위성에도 불구하고 미국이 북한을 공격한다면, 미국은 한반도에 살고 있는 수많은 유목민들의 신념과 감정이 어떤 결과를 불러올지 잘 배우게 될지도 모른다. 21세기 새로운 경제대국으로 떠오르고 있는 중국 또한 직접적으로 대참사를 경고하고 있으니 말이다.

평화는 힘이 지켜주는 것이 아니다. 그것은 사랑이, 우정이, 긍정적인 감정이 보호해 주는 것이다.

오늘날 많은 유목민들을 이끌 수 있는 지도자는 무엇보다 먼저 자신의 감정을 자유롭게 풀어놓아야 한다. 인간은 현실에 적응하고자 할 때 자신의 의식 에너지를 사용한다. 의식이란 고정된 현실에 적응하기 위한 정신 에너지의 일부분이다. 그러나 그 현실이 변화무쌍할 때는 의식의 에너지만으로는 올바르게 적응할 수가 없다. 그 때 우리는 잠재 에너지(무의식의 에너지)를 끌어써야 하고, 그 에너지가 곧 '감정' 에너지라고 할 수 있다. 사고와 이성 등으로 이루어진 의식 에너지는 고정된 현실을 분석·비판해 내지만, 감정·직관 등으로 이루어져 있는 무의식 에너지는 빠르고 다양한 변화에 순발력 있고 창조적으로 대응하게끔 이끈다.

감정 에너지는 자연계의 무수한 변화에 대응해 온 에너지가
저장된 것으로, 이들 에너지를 잘 끌어내어 쓸 수 있다면 변화
하는 경쟁 사회에서 한 발 앞서나갈 수 있다. 이를 위해서는 먼
저 억압된 감정을 해방시켜야 한다. 용기 있게 변화에 맞설 수
있는 감정에 바탕해 자신의 길을 찾아가야 한다.

인간마다 에너지가 축적되는 양상이 다르기 때문에 그 풀어
지는 방향도 다양하다. 따라서 인간은 진정한 자신의 길을 갈
때 가장 집중할 수 있고, 잠재 에너지를 좀더 풍요하게 풀어놓
고 쓸 수 있다.

자기 감정을 풍요하고 자유롭게 풀어놓을 수 있는 인간이 21
세기 새로운 유목민 사회를 이끌어갈 수 있다. 다른 사람들의
감정을 충분히 이해하고 화합을 통해 한 사회를 이끌어갈 수 있
는 새로운 리더가 된다.

인간 삶의 목표는 더 이상 생존에 있지 않다. 기본적인 의식
주의 조건에 바탕한 자유, 공평한 기회, 사랑, 고귀함, 자기 실
현, 영혼의 성숙함 등 감정의 문제가 좀더 중요한 삶의 목표로
부각되고 있다. 의식주라는 기본 조건에 매달려 있던 시대에도
물론 인간의 감정은 중요했다. 하지만 의식주 해결을 위해 무
대 뒤켠으로 물러나 있던 감정들이 언젠가 자유를 얻게 될 날을

호시탐탐 기다리고 있다가 최근 들어 그 호기를 맞고 있는 것이다. 우리 안에 새겨지고 쌓인 감정은 정처없이 사라지지 않는다. 심지어 현생을 넘어서도 존재한다. 따라서 한 사회 안에는 늘 그 사회를 떠받치고 있는 무형적인 자산, 보이지 않는 깊은 상처, 부정적·긍정적 시대정신이 반영되어 있는 것이다.

지금껏 과학문명과 산업은 인간의 삶을 물질적 충족과 경제적 번영으로 이끌어왔다. 하지만 이제는 인간의 감정적 욕구를 충족시키는 방향으로 옮겨가고 있는 듯하다. 코카콜라는 독특한 맛으로 세계 1위 산업을 차지하고 있고, 할리우드는 영화를 통해 세계를 지배하려 하고 있으며, 소니에서도 큰 수익을 내고 있는 제품은 TV가 아니라 오락기구다.

인간은 이제 감정에 따라 이합집산하고 있다. 자신의 감정을 열광시킬 수 있는 기제가 등장하면, 이해타산이나 현실적 계산을 떠나 거기에 몰두한다. 전통적인 정치가가 세상을 지배하는 것이 아니라, 이른바 '딴따라'가 세상을 이끌어나가는 것이다.

2002년 대통령선거 당시 노무현 후보는 새로운 유목민들의 열광을 이끌어내는 데 성공했다. 그의 선거전략은 젊은 계층의 감각 코드와 조화를 이루었고, 막판 정몽준씨의 지지 철회라는 드라마틱한 위기 요소까지 갖추면서 마침내 대통령에 당선되었다.

　언론에 종사하는 필자의 한 동료는 '참여정부' 출범 배경에 대해 다음과 같이 해석한다.

　"노무현 후보가 대통령에 당선된 결정적 배경에는 한 마디로 '노사모'가 있었다고 할 수 있죠. 노사모의 지지와 운동방식은 새로운 사회 흐름으로서 매우 주목할 만합니다. 일각에서는 노사모의 운동방식을 '리좀'이라는 들뢰즈와 가타리 용어로 해석하는 경향도 나타났습니다. 즉 자신의 노선이나 이념에 구애받지 않고 필요와 전략에 따라, 기호와 욕망에 따라 경계없이 이합집산하는 새로운 운동방식이라는 것이죠. 마치 물방울들이 서로 합쳐지는 것처럼 말입니다. 유목민처럼 자유롭게 떠돌며 필요에 따라 머물며 끊임없이 새로운 가치를 창출해 내는 운동 방식, 이 운동의 결과물이 바로 참여정부가 아닌가 싶어요. 따라서 참여정부는 그 뿌리(기득권)는 약하지만 그 행동과 지지반경은 역대 어느 정부보다 넓다고 할 수 있죠. 또 참여정부는 이러한 성격 때문에 광범위한 지지와 폭넓은 비판을 동시에 받고 있는 듯합니다. 노사모가 노무현 당선 후 다시 이합집산하면서 지지와 비판 세력으로 갈라지고, 또 다른 지지 세력이 참여정부에 들어왔다가 나가고…. 진정 존재하지 않는 경계의 유쾌한 넘나들기가 아닌가 싶습니다."

여기서 말하는 유목민(nomad)은 프랑스의 철학자 질 들뢰즈가 구축한 용어다. 유목주의(nomadism)란, 특정한 가치와 삶의 방식에 얽매이지 않고 불모지를 옮겨다니며 새로운 것을 창조해 내는 일체의 방식, 또는 특정한 가치와 삶의 방식에 얽매이지 않고 끊임없이 자기를 부정하면서 새로운 자아를 찾아가는 것을 의미한다.

참여정부를 출범시킨 유목민! 그들은 누구일까? 그들은 아마도 우리 모두의 마음 속에 자리하고 있으면서 진정한 탈출을 꿈꾸는 바로 우리의 '감정'일 것이다.

인간은 누구나 자기 실현을 꿈꾼다. 자기 실현이란 자기 안에 있는 에너지를 모두 방출해 현실 세계에 반영시키는 것이다. 우리 안에 있는 에너지는 감정이라는 형태로 응축되어 있다. 감정은 나선형의 스프링으로 이루어져 있어 경험을 축약·저장하고, 또 저장된 잠재 에너지들을 떠올려 방출한다.

모든 에너지는 엔트로피(무질서도·자유도)가 높은 쪽으로 나아가려는 성질을 갖고 있다(엔트로피 법칙·열역학 제2법칙). 따라서 감정 에너지들도 좀더 새롭고 자유로운 방향으로 나아가고자 한다. 자유도가 높은 쪽으로 에너지가 움직이는 것은 아마도 빅뱅(Big Bang) 때문이 아닐까 한다. 우주는 150억 년 전에 대폭

발을 통해 출범했으며, 그 대폭발은 앞으로도 150억 년이 흘러야 끝난다고 하니 말이다.

우리는 모두 좀더 크고, 넓은 자유를 향해 날아가는 에너지체라고 할 수 있다.

생명체에 축적된 감정 에너지는 변화무쌍한 자연계에서 생명체의 자율성을 지키기 위한 것이다. 이는 새로운 상황, 변화에 대응할 수 있게끔 축적되어 있다. 또 생명체의 에너지는 자율성(생명)을 좀더 확대하기 위해 가급적 많이 저장되어 있어야 하기 때문에 진실되게 포개져 있다.

그래서 감정은 새롭고 진실될 때 그 울림이 크다. 감정이란 현실이 고정되거나 느리게 변화할 때는 억압된 채 눌려 있다. 하지만 현실이 빠르게 변화할 때는 강한 자극을 통해 높은 탄력을 얻어 튀어나온다. 우리 안에 저장된 에너지는 자율성(생명)을 확대하기 위해 효율적으로 운영되기 때문에 현실에 필요치 않은 에너지들은 순식간에 들어가 잠재해 버린다. 그러나 현실이 변화무쌍할 때는 그들 변화에 적응할 수 있는 에너지들이 튀어나온다. 보통 '나'라고 생각하는 것은 의식의 중심인 자아(ego)인데, 우리 안(무의식)에는 이와 같은 자아가 무수히 존재해 있다. 우리 안에 축적된 에너지는 수백만 년, 수십억 년에 걸쳐 쌓아온 에너지이기 때문이다. 이들 자아는 항상 밖으로 튀어나와 실현되기를 바라고 있다. 그러나 현실이 고정되어 있을 때는 정체된 현실에 적응할 수 있는 자아만이 나온다. 현실이 고정되어 있지 않고 변화가 심할 때는, 그들 변화에 적응할 수 있는 자아들이 깨어나 튀어나온다. 이들 자아가 밖으로 나와 자기 실현을 이룰 때 존재는 커다란 해방감과 자유를 느끼게 된다. 이와 같은 해방과 자유, 자기 실현이 바로 궁극적인 삶의 목표이기 때문이다.

한번 도달한 자유는 다시는 위축되지 않는다. 따라서 잠재된 자아가 깨어남을 경험해 본 사람들은 스스로 모험과 도전을 향해 진취적으로 나아간다. 더 큰 해방감과 자유를 맛보기 위해 말이다.

한국 사회는 오늘날 급격한 변화의 과정에 놓여 있다. 이로써 우리 안에 잠재된 자아들은 꿈틀거리며 깨어날 수 있게 되었고, 일단 자아들이 깨어난 이상 더 큰 자아(좀더 깊이 잠재된 자아. 이는 좀더 응축된 큰 에너지를 갖고 있다)의 해방을 향해 달려가지 않을 수 없다.

오늘날 우리는 감정의 자유로운 활성화를 통해 자신도 모르게 유목민이 되어가고 있는 것이다. 더 큰 자유, 새로운 모험을 찾는 새로운 인생의 여정을 시작하고 있는 것이다.

오랫동안 우리 사회는 권위주의에 입각한 정치방식으로 인해 국민 감정이 크게 억눌려왔다. 따라서 개인의 고유한 삶의 자유, 해방, 즐거움, 자기 실현은 크게 제한되어 온 것이 사실이다. 그러나 변화의 시대에 접어들면서, 감정이 꿈틀거리면서 그 해방의 가능성을 접하게 되었다. 과거의 억압적인 권위는 정보의 공개, 기본적인 생존권의 확보 등으로 더 이상 설득력을 갖지 못하게 되었다. 그리고 이제 끓는 피를 가진 젊은이들이 감정의 자유에 주목하기 시작하면서 새로운 참여정부를 맞기에 이르렀다. 참여정부는 이 같은 기대를 저버리지 않고 스스로 권력을 포기하면서까지 국민의 감정을 자유롭게 풀어놓는 정치를 추구하고 있다고 필자는 생각한다.

새로움의 다른 이름은 진정한 '낯섦'이라고 할 수 있다. 하지만 그 낯섦이 거친 혼란을 거쳐 전혀 새로운 사회를 이끌어나간다. 참여정부는 진정한 자유를 바라는 유목민들의 기대에 부응하며, 부지런히 경계를 넘나들며 당당하게 초원을 질주하고 있다. 그리고 그 자유와 열정의 전위에 노무현 대통령과 강금실 법무부 장관이 자리하고 있다.

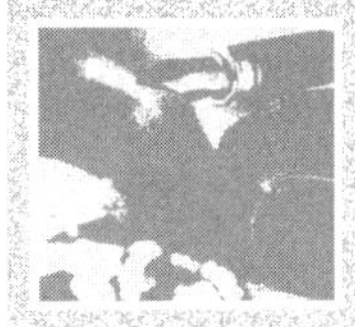

노무현 대통령과 강금실 장관

강금실 장관에 대한 노무현 대통령의 애정(?)은 끔찍하다. 그를 법무부 장관으로 영입할 때 검찰에서는 유무형의 여러 라인을 통해 '안 돼!' 하고 맞섰다. 하지만 노 대통령은 흔들림이 없었다. 그가 강금실을 신뢰하는 데는 둘이 서로 통할 수 있는 인간적 측면이 있기 때문이었다.

필자가 볼 때 노 대통령과 강금실은 무의식적인 인간이다. 이른바 '끼리끼리' 통한 것이다.

노무현씨가 대통령에 당선되기 전에 필자는 사석에서 한번 그를 만난 적이 있다. 강남 프리마호텔 커피숍에서 스치듯 인사를 나누었는데, 그 때 그의 이미지는 사뭇 인상적이었다. 다소 들떠 있는 것도 같고, 어떤 설명할 수 없는 밝은 빛이 필자의 시선에 와 닿는 듯한 느낌이 들었다.

그것은 한 마디로 무의식의 기운이었다. 그 후 각종 언론매체를 통해 접해본 노 대통령의 이미지는 무의식의 측면에서 이해해야지, 현실적으로나 이성적으로 접근해서는 이해하기 힘든 면이 많았다.

한 나라의 최고통수권자가 보여주는 거침없는 말과 행보. 이는 실로 충격적이었으며, 오랜 권위주의에 나 자신도 모르게 물들어 있는 측면을 돌이켜볼 수 있는 계기가 되었다. 어쨌든 그의 말과 행보는 의식적 · 이성적 측면에서는 좀처럼 이해하기가 힘들었음은 분명하다.

의식적인 세계에서는 '뭐, 저런 사람이 다 있어!' 라는 반응밖에는 나타날 수가 없다. 하지만 '무의식' 이라는 측면에서 들여다보면 그의 행동 하나하나에는 무척 흥미로운 면이 많다. '무의식' 에 대한 이해를 돕기 위해 의식과 무의식에 대해 간단히 설명하면 다음과 같다.

의식과 무의식

인간의 정신은 자연에 적응하기 위한 에너지로서 의식과 무의식으로 나뉜다. 의식은 현실에 당장 필요한 정신 에너지이고, 무의식은 현실에 당장 필요 없는 것과 생명의 잠재 에너지가 저장된 곳이다. 이 둘은 자연계 적응을 위해 모두 필요하다. 의식은 고정된 현실에, 무의식은 변화무쌍한 현실에서 그 위력을 발휘한다.

정신 에너지가 의식과 무의식으로 나뉘는 것은 오직 인간에게만 한정된다. 왜냐하면 인간이 집단 사회를 이루면서 자연을 대체로 고정불변한 현실로 묶어놓았기 때문이다. 현실의 변화가 빠르지 않기에 정신 에너지는 고정된 현실에 곧바로 익숙하게 적응할 수 있는 에너지를 전면에 배치했는데, 그것이 곧 의식이다. 무의식은 원시시대 이래로 꾸준히 발전한 에너지로서 변화가 많은 자연에 신속하고도 효율적으로 대처할 수 있게끔 준비되어 있다.

따라서 의식은 현실의 변하지 않는 기간인 '동안(duration)'에, 무의식은 현실의 변화무쌍한 '순간(moment)'에 대처한다.

의식과 무의식은 한 줄기 나선형으로 연결·구성되어 있다. 그 안으로 들어가면 들어갈수록 좀더 강한 에너지가 응축되어 있다. 이 같은 에너지 응축은 감정이라는 변화에 민감하면서도 무한히 팽창할 수 있는 형태로 이루어져 있다.

의식과 무의식의 에너지는 늘 엔트로피 법칙에 따라 자유롭게 해방되고자 한다. 그 풀려나는 방향은 사람마다, 각자가 받은 천명(天命)마다 다르다. 이와 같은 해방의 길을 분석심리학(융 심리학)에서는 '개성화 과정(individuation process)'이라고 부른다. 즉 사람은 태어나면서부터 자신이 가야 할 길이 있다는 것이다. 그 길을 올바로 갈 수 있을 때 진정한 생명력을 발휘할 수 있고, 생명은 그와 같은 길을 계속 갈 수 있도록 지속적으로 추동력을 제공한다. 개성화 과정의 궁극적인 목표는 자기 실현(self-realization)이다. 개성화 과정은 영혼의 성숙 과정이라고도 할 수 있다. 자기 실현을 통해 정신은 더욱 맑아지고 성숙해지기 때문이다.

현실을 사는 의식은 정신 에너지가 한꺼번에 폭발되는 것을 막기 위해 무의식을 억압하며 단계적으로 에너지를 해방 실현한다. 반면에 무의식은 호시탐탐 탈출할 기회만 노리며 계속 의식에 대한 자기 실현을 자극한다. 따라서 의식은 현실에 맞게 자신을 인내하고 억압하는 반면, 무의식은 현실보다는 자기 자신에게 맞게끔 주장하고 표현하고 실현하고자 한다. 일반적인 현실 세계에서 의식은 무의식을 효과적으로 억압·통제할 수 있다. 하지만 천재지변과 같은 급박한 위기에서는 이에 대처할 수 있는 무의식 에너지의 발현을 막을 수 없다. 이와 같은 위기의 순간에는 무의식의 에너지가 강한 자극을 통해 활성화

되기 때문이다.

무의식적 인간

세상에는 의식적인 인간과 무의식적인 인간이 공존한다. 의식적인 인간은 현실과 집단을 우선하는 집단주의적 성격을 갖는다. 한편 무의식적인 인간은 자기 자신을 우선하는 개인주의적 성격을 갖는다.

의식적인 인간은 무의식 에너지를 억압하는 반면에, 무의식적인 인간은 무의식 에너지를 해방하면서, 그 에너지에 좀더 초점을 맞춰 현실을 개척해 나간다.

현실이 우선인 의식적 인간은 합리적인 사고를 중시하며, 현실과 집단에 적응하고자 노력한다. 따라서 현실과 집단에 대한 사소한 실수 하나하나에도 매우 민감하다. 이 같은 사람은 사전에 마련된 연설문을 가지고 연단에 서서 토씨 하나 틀리지 않고자 무척 고심한다.

반면에 자기 자신을 우선하는 무의식적 인간은 자기 내면에서 떠오르는 느낌을 소중하게 여기고, 자기 자신에 대한 자유로운 표현을 실현하고자 노력한다. 또한 자유롭게 노는 것과 사랑의 감정을 선호하고 영혼의 성숙을 모색한다. 그래서 즉흥적인 행동, 즉흥적인 연설을 즐긴다.

예를 들어보자.

필자는 TV를 통해 미국을 방문한 노 대통령의 연설 장면을 시청하면서 줄곧 미소를 지을 수밖에 없었다.

'흠, 저런 자리에서도 역시 즉흥을 고집하는군!'

조지 부시 대통령은 세련된 연설을 통해 청중을 배려하는 반면, 노무현 대통령은 순간순간 떠오르는 자신의 느낌을 표현하기 위해 애쓰는 것처럼 느껴졌기 때문이다. 그것도 헛기침까지 해가면서 말이다.

2003년 10월 22일 싱가포르 국빈을 맞이한 만찬장에서도 노 대통령은 준비된 원고를 치우고 즉석 연설을 하다가 10초 동안 말문이 막힌 적 있다. 그러고는 "생각이 끊어졌다, 잠시 여유를 달라"며 멋쩍은 듯 얼굴을 살며시 붉히기도 했다.

그는 대통령 신분이면서도 몇 안 되는 경호원과 함께 자유롭게 뮤지컬을 관람하고 공원을 산책하곤 한다. 내면에서 올라오는 강한 무의식의 에너지를 소진하기 위해서는(그래야 이면의 좀 더 강한 에너지가 떠올라 새롭고 건강하게 해준다) 일정한 놀이와 자유로움이 필요하기 때문이다.

강금실 장관도 노무현 대통령에 못지않은 무의식적 · 개인주의적 성격을 갖추고 있다. 자신의 내면에서 떠오르는 느낌을 소중히 여기며 순발력이 뛰어나다. 놀이를 즐기며 집단의 눈치에 크게 구애받지 않는다. 나아가 순간 순간 부딪히는 상황에 창조적으로 자기 자신을 적응시킨다.

강금실은 2003년 11월 7일 국회 법사위원회 회의장에서 여야 의원들의 설전을 지켜보다가 웃음을 참지 못하고 "코미디네, 코미디"라고 혼자 중얼거리다가 혼쭐이 난 바 있다. 그 유명한 코미디 발언의 내막은 다음과 같다.

'노무현 대통령 측근 비리 의혹에 대한 특검법안' 심사를 앞두고 법사위원들은 특검 수사 대상에 포함된 이영로씨의 직함을 법안에 어떻게 표기할 것이냐를 놓고 토의하기 시작했다.

이영로씨 직함을 전 노무현 후보 부산시 후원회장이라고 해야 한다.

아니다, 부산시 후원회란 조직은 애초부터 없었다.

그러면 후원회장 '역할'을 한 이영로씨라고 하자.

후원회장 역할을 했는지 안 했는지, 어떻게 아느냐.

언론에 나오지 않았느냐.

그러면 '언론에 보도된'이라고 쓸 거냐?

그러면 전 노무현 후보의 고교 선배 이영로씨라고 하면 어떻겠느냐?

고교 선배 중에 이영로가 몇 명 되면 어떡하냐.

이 때 강금실이 웃음을 참지 못한 채 중얼거렸다.

"코미디야, 코미디."

취임 이후 강금실이 보여온 톡톡 튀는 행동과 발언에 대해 '여성'이기 때문에 가능하다는 분석이 많다. 그러나 필자는 여성 정치인이라고 해서 모두 강금실과 같은 언행을 한다고 생각하지 않는다. 오히려 점잖고 품위 있는 여성 정치지도자가 더 많지 않은가.

강 장관의 솔직한 언행은 여성적이라기보다는 무의식성(떠오르는 느낌)의 진실됨과 용감함에 바탕하고 있다. 남성인 노 대통령 또한 누구보다 솔직하고 용감하지 않은가.

강금실의 여성성은 솔직함보다는 욕심이 없다는 측면에서 조명해야 할 것이다. 권력을 장악한 전통적인 남성은 타고난 공격성을 바탕으로 더 많은 권력과 돈, 여자 등을 탐한다. 그런데 권력의 자리에 있는 여성은 타고난 모성애를 통해 부드럽고 원만한 국정 운영을 추구한다. 이는 물론 필자의 견해다. 특히 강금실은 사랑에 대해서는 욕심을 부릴지언정 남편, 자식, 돈 등과 같은 그 주변적 요소에 대해서는 욕심이 없다. 따라서 정치지도자로서 좀더 적합한 것이다.

2003년 9월 15일 서울대학교 법과대학생들과의 대화는 강금실이 무의식적 인간이라는 점을 잘 보여주고 있다. 강의가 끝나고 질문을 받는 자리에서 한 학생이 대선에 출마할 의향이 있느냐고 물었다. 그러자 강금실은 약간 당황해하며 잠시 말을 잇지 못했다. 사회자로서 참여한 안경환 교수가 "강 장관의 대답에 따라 오늘 이 자리에 배석한 기자들의 특종 여부가 달렸다"고 말해 장내는 웃음바다로 변했다.

강금실은 자신이 구체적인 희망이 없는 사람이라며 답변의 첫머리를 열었다. 여러 모로 취약한 상황에서 정권을 창출한 노 대통령을 같은 법조인의 입장에서 도와야겠다는 생각과 한국 사회에서 소외된 여성 문제에 대한 책임감으로 장관직 제의를 수락했다는 것이다. 그리고 마지막으로 "전문적인 정치가가 되고 싶은 생각은 전혀 없다. 그저 편하게 노는 것이 더 좋을 듯하다"라고 덧붙였다.

그러자 안경환 교수가 "장관을 그만두면 법과대학 학장으로 초빙하고 싶다"고 제의 아닌 제의를 했다. 이에 강금실은 "장관 그만두면 데이트라도 신청할 줄 알았는 데 웬 학장이냐?"며 응수했다.

그야말로 멋지고 재치 있는 농담이 아닐 수 없다.

지크문트 프로이트는 "무심코 한 말 속에 무의식적인 의미나 동기가 숨어 있다"고 주장했다. 강금실이 법대 학장직보다는 데이트 신청을 더 원한 모습을, 그저 단순한 조크라고만 볼 수 없는 이유가 여기에 있다. 무의식적 인간은 돈이나 권력보다는 사랑을 더 원하기 때문이다.

의식적 인간은 주어진 현실을 중시하기 때문에 돈을 모으고, 권력을 잡고, 다른 사람을 누르고, 지배하고, 호령하는 데 깊은 만족을 느낀다. 하지만 무의식적 인간은 이와 같은 것들에 그다지 흥미를 갖지 않는다. 깊은 내면에서 우러나오는 에너지들은 이들과 같은 요소만으로는 충분히 태워지지 않기 때문이다. 오히려 사랑이, 진정한 사랑이 무의식적 인간 내면의 에너지를 태우는 데 좀더 적합하다.

따라서 무의식적 인간은 놀기를 좋아하고 끊임없이 새로운 사랑을 추구한다. 노는 것은 내면에서 떠오르는 응축된 에너지를 마음껏 풀어주고, 사랑은 그 에너지를 확실하게 소진시켜주기 때문이다. 물론 의식적 인간 또한 무의식의 에너지를 갖고 있기 때문에 사랑을 원한다. 하지만 이는 무의식적 인간이 갈구하는 사랑과는 다르다.

의식적 인간은 현실에 방해되지 않는 범위 내에서의 부담 없는 사랑, 즉 위험하지 않은 사랑을 바란다. 하지만 무의식적 인간은 현실을 넘어서까지 진실한 사랑, 진정성으로 통하는 사랑을 갈구한다. 의식적 인간은 떠오르는 무의식의 에너지를 현실에 맞게 억압·규제한다.

법대 학장직보다는 한번의 데이트를 더 중요하게 여길 정도의 비현실적인 태도가 바로 사랑을 중시하는 무의식적 인간의 특징이라고 할 수 있다.

강금실은 법대생과의 대화를 마무리하면서 "지금 이 학창시절을 마음껏 즐겨라. 나는 장관이 된 지금도 일하면서 놀고, 놀면서 일하는 유형의 사람이다. 물론 나 자신도 학창시절에는 연애에 빠지기도 하고 예술과 문학을 가까이 하고자 노력했다"며 자신의 후배들을 격려했다.

이들 대화를 들여다보면서 필자는 약간의 의문을 가지지 않을 수 없었다. 즉 강금실이 결혼 당시 남편과의 합의에 따라 아이를 갖지 않기로 했다는 언론 보도가 퍼뜩 떠올랐기 때문이다. 사랑의 근원은 아이에 대한 사랑이라고 할 수 있다.

필자가 아는 어떤 부부는 나이 차이가 매우 많이 난다. 이 부부는 서로 열렬히 사랑했는데, 늘 20대 아내가 40대 남편을 "오, 우리 아기" 하며 마치 여린 아기 다루듯 했다. 다른 사람의 시선 따위는 상관없이 말이다. 너무 사랑하다 보니 아버지뻘의 남편에게 아기와도 같은 사랑스러움을 느끼는 것이다.

필자 또한 요즘 일곱 살배기 늦둥이 키우는 재미에 푹 빠져 있다. 너무 귀엽고 사랑스럽다 보니 그 아이를 안고 있으면 (프로이트의 입장에서) 어떤 에로틱한 감정이 느껴지기도 한다. 따라서 필자는 사랑과 섹스의 근본은 아이에 대한 사랑에 있을 수도 있다는 생각이 들었다.

"자식에 대한 애정과 집착이 왜곡된 형태로 나타나는 것이 싫어 아이를 갖지 않기로 전 남편과 합의했었다"라는 강금실 장관. 그에게 다시 사랑이 찾아온다면, 그것을 마다하지 않는다면 그는 또 다른 사랑의 한 풍경을 보여줄지도 모른다.

사랑은 늘 변하고 새로움을 추구하게 마련이기 때문이다. 또한 모성애의 가장 궁극적인 실현은 사랑하는 사람의 아이를 갖는 것이기도 하니까 말이다.

앞에서 말한 바와 같이, 의식적 인간과 무의식적 인간을 구분할 수 있는 기준은 집단과 현실을 소중히 여기는지, 아니면 개인과 생명을 중시하는지를 따져보면 알 수 있다.

노무현씨를 이른바 '스타'로 발돋움시킨 과거 국회 청문회의 기억을 더듬어보자. 그 당시 노무현 의원은 정주영 당시 현대그룹 회장에게 "공사하면서 근로자들이 많이 다치곤 했는데, 그에 대해 어떻게 생각하느냐?"라고 질문을 던졌다.

이에 대해 정주영 회장은 "큰 공사를 하다 보면 그럴 수도 있다"고 선선히 대답했고, 노무현 의원은 "대단하다"며 그의 두둑한 배짱을 인정했다. 노무현 의원은 개인을 우선시한 반면에 정주영 회장은 현실과 집단을 우선시한 것이다. 그 때 필자가 받은 인상은 각별했다. 그 후 참여정부가 출범하면서 거듭 파격적인 행보를 보여준 노 대통령이 무의식의 떠오르는 느낌에 바탕한 무의식적 인간에 속한다는 생각을 굳힐 수 있었다.

1980년대 중반 강금실 판사 또한 5공화국 군사독재에 맞서 시위하다 붙잡혀온 대학생들에 대한 구속영장을 연이어 기각하는 소신을 보였다. 이 또한 집단(정부)보다는 개인을 더 소중히 여겼기 때문에 내릴 수 있는 판단이었으리라.

1996년 그는 변호사 개업 후 검찰이 음란물로 기소한 《내게 거짓말을 해봐》의 저자 장정일의 변론을 맡기도 했는데, 이 또한 집단의 질서를 지켜주는 성적 억압보다는 개인의 본성을 좀 더 소중히 여겼기 때문으로 생각된다.

사회를 구성한 이래 인간은 의식적 삶을 영위하고자 노력해 왔다. 이로써 집단 생활이라는 현실에 효율적으로 적응할 수 있기 때문이다. 따라서 이른바 근대를 활짝 열어젖힌 "나는 생각한다, 그러므로 나는 존재한다"라는 르네 데카르트의 명제와도 같이 합리를 추구하는 인간은 생각을 많이 하고, 남을 의식하는 대신 자신의 본능(무의식)은 가급적 억누르고자 했던 것이다.

무의식적 인간은 이기적 · 돌발적 · 본능적 행동 때문에 감옥에 가거나, 영혼적인 행동 때문에 시대(현실)를 앞서가는 예술가 등으로 칭송받곤 했다. 그러나 현대에 들어서면서 인간의 무의식은 점점 해방되기 시작했다. 과거와는 달리 변화가 빠르고 집단의 힘이 하이테크놀로지의 범위 내로 포섭되기 시작하면서 개인은 집단에 덜 의지하면서도 삶을 영위할 수 있게 되었다.

그에 따라 질서를 내세우며 개인을 억압했던 집단 의식은 점점 그 영향력이 줄어들기 시작했고, 개인은 저마다 자유로운 해방을 꿈꾸게 되었다. 강력한 집단 질서를 확립하고 집단의 힘을 통합할 수 있었던 전통적인 지도자 대신 오늘날에는 급변하는 현실에 대담하게 적응하고 적극적으로 헤쳐나갈 수 있는 인물이 각광을 받기 시작했다.

바야흐로 세계는 집단의 억압에서 풀려난 개개인의 독특한 개성과 능력의 각축장으로 빠르게 변모했다. 뚜렷한 개성과 능력을 갖춘 자는 많은 것을 이룰 수 있지만, 그렇지 못한 자는 쓸쓸히 퇴장당할 수밖에 없다. 더 이상 조직은 개개인의 보호막이 되어주지 못한다. 따라서 오늘날 한국 사회에서 '사오정', '오륙도'라는 자조적인 표현이 들불처럼 번져나가고 있는 것이다. 그러나 아직은 사회가 변화와 재편의 와중에 있다. 여전히 사회 환경은 집단주의에 익숙하다.

사람들이 강금실의 돌발적인 행보에 대해 당혹해하는 것은 어쩌면 이 같은 사회 흐름에 아직 익숙지 않기 때문이기도 하다. 무의식적인 인간은 자신의 무의식을 해방하기 위해 떠오르는 감정들을 즉각즉각 표현하는 버릇이 있다. 그 표현이 어떤 파장을 불러올지라도, 자기 해방을 위해서는 어쩔 수 없는 것이다.

정신 에너지는 다양한 감정들이 하나의 줄기를 이루고 있다. 따라서 상위의 감정이나 느낌이 적극적으로 표현·방출될 때 비로소 그 밑에 자리한 더 강한 감정과 생명력이 본격적으로 떠오를 수 있다.

지난 대선 마지막 날에도 노무현 후보는 정몽준 의원의 비위를 건드리는 발언을 함으로써 커다란 고초를 치렀다. 하지만 무의식주의가 한창일 때는 이를 조절할 길이 없다. 조절하기에는 무의식에서 밀고 나오는 감정의 에너지가 너무 강력하기 때문이다. 그러나 단언컨대 그 언행에 수반되는 후속 조치나 행동 및 결과는 과거의 의식주의자들과는 판이하게 다르다. 그가 축구 경기장에서 정몽준 의원을 다시 만났을 때 따뜻한 태도를 보인 것 등을 예로 들 수 있다.

집단을 중시하는 의식주의자들은 기득권에 집착하고, 자신의 견해를 바꾸는 것을 금기시하며, 집단에 부정적인 영향을 주는 실수를 하지 않기 위해 애쓴다. 또한 두고두고 누가 될 수 있는 잘못을 저지르고도 좀처럼 인정하려 들지 않는다.

한 사회의 지도자로서 흔들리는 모습을 보여주면 집단 전체가 함께 흔들리고, 집단 통솔의 원천인 권위가 실추된다. 또한 잘못을 해도 그것을 솔직히 인정하는 것은 지도자로서 자격이 없음을 의미한다. 그러나 개인주의에 바탕한 무의식주의자는 그렇지 않다. 나는 강금실이 국회의원들과의 회의석상에서 상대를 인정하고 자기 자신을 고집하지 않음을 자주 관찰할 수 있었다. 다시 말해 그는 진실을 발견하거나, 진실된 점을 발견하면 즉각 열린 마음으로 받아들이는 것이다.

무의식의 에너지에 바탕을 두고 사는 사람은 진실을 따르지 않을 수 없다. 무의식은 권위나 집단이기주의 등에 따라 움직이는 의식과는 다른 구조이기 때문이다.

생명체의 에너지는 오랜 시간을 두고 가장 진실된 양상으로 축적되어 왔다. 따라서 무의식적으로 순발력 있게 대처하기 위해서는, 또한 깊은 잠재적 생명 에너지를 끌어내기 위해서는 '진실' 외에는 방법이 없다.

그러나 우리는 강금실의 스타일보다는 권위주의적 전통에

많이 길들여져 있다. 집단주의의 특징은 집단과 역행하는 사람은 철저히 매장시켜 버린다는 것이다. 그러나 개인주의는 상대에게서 진실이 엿보이면 곧 수긍을 하고 이를 받아들인다. 내가 진실에 따라 살고 있기 때문에 타인의 진실도 자연스럽게 존중하는 것이다. 집단주의에 길들여져 있는 사람은 권력의 시선에 매우 민감해한다. 이른바 잘못 찍혀 매장당할까 두려워하는 것이다.

하지만 '참여정부' 같은 개인주의적 진실을 추구하는 권력은, 나 자신이 진실하다면 두려워할 것이 없다. 집단주의가 내부 질서 유지를 위해 '튀는' 개인을 부당한 방법을 동원해서까지 억압했다면, 개인주의는 '진실'에 바탕한 다양성을 인정하고 보호한다.

이혼 경력이 있는 강금실 변호사가 법무부 장관으로 전격 발탁된 것도 이에 해당한다고 할 수 있다. 또한 강금실이 노 대통령의 행보에 대해 비판을 서슴지 않는 것도 같은 이유에서다. 진실이 진실을 존중할 때 비로소 진정한 비판과 평가가 따르는 것이다.

노 대통령이 불법 대선자금에 대해 한나라당 수준의 10분의 1을 넘으면 정계를 은퇴하겠다고 했을 때 강금실은 이를 부적절하다고 비판했다. 검찰 수사에 영향을 줄 수 있다는 것이다.

강금실은 국회 법사위 전체회의에 참석해 이 같은 소견을 밝힌 뒤, 대통령에게 측근비리 수사와 관련된 발언을 자제해 줄 것을 건의했다고 덧붙였다. "측근비리와 관련해 대통령을 수사할 의향이 있느냐?"라는 질문에 대해 "법무부의 법리검토 결과, 의견이 양분돼 아직 결정을 내리지 못했다"고 하면서도 검찰이 조사한다면 막을 이유는 없다고 뚜렷한 소신을 표명한 것이다.

이와 같은 사례들로 미루어볼 때, 우리 국민은 참여정부의 정치 스타일에 대해 너무 당황해하는 것 같다. 하지만 노 대통령은 과거 군사독재 시절의 수장도 아니고, 성역 없는 검찰 수사를 받아들일 수 있는 당당한 나라를 만드는 것이 목표라고 공언하고 있는 만큼, 대통령의 말 한 마디 한 마디에 일희일비할 필요는 없다.

집단주의에 입각한 대통령이라면 그 말이 곧 법과도 같기 때문에 늘 촉각을 곤두세워야 하겠지만, 개인주의에 바탕한 대통령의 경우에는 그럴 필요가 없다. 상황에 따라 얼마든지 바뀔 수 있기 때문이다.

그냥 '또 한 마디 했구나, 진실에 임하면 달라지겠지. 대통령이 됐으니 더 큰 세계, 진실을 계속 접하다 보면 지속적으로 발전하고 좀더 세련된 정치 유형을 다듬어나가겠지' 라고 넘겨버리면 그뿐이다.

그리고 현실적으로 우리가 두려워하는 일은 일어나지 않는다. 현재 돈 있는 사람들이 대통령을 믿을 수 없어 돈을 움켜쥔 채 내놓지 않는다고 하는데, 이는 모르는 말씀이다. 우리가 가장 믿을 수 있는 것은 진실이고 그 진실에 입각해 사는 대통령이라면, 우리는 충분히 그를 신뢰해도 좋을 것이다. 시간이 흐르면서 진실에 바탕한 모든 질서는 적절하게 자리를 잡고, 점점 깊고 단단한 뿌리를 내릴 것이기 때문이다.

언젠가 식사 모임에서 지인 한 분이 무심코 다음과 같이 탄식한 적이 있었다.

"노무현 대통령이 어떤 사람과 악수를 하는데, 너무 굽신거리는 듯하더군요. 명색이 최고 통치자인데, 보기에 좀 그렇습디다."

과거와 같은 고정된 집단주의 사회에서라면 이는 반박하기 어려울 것이다. 하지만 이제 이른바 '국부(國父)'는 필요치 않다. 진실과 투명성, 신뢰에 바탕한 새로운 질서 확립을 이끌어 갈 리더가 요청될 뿐이다.

턱없이 권위를 따져가며 시간을 끌고 실천하지 않는 지도자보다는 말도 많고 실수도 많지만, 그래도 진실의 한 축으로 자리를 잡아가는 지도자가, 일반 사람들과의 만남에서도 공손히 허리를 굽힐 줄 아는 지도자(그는 분명 '내가 어쩌다 이 나라의 지도

자가 되어서 고생을 사서 하는가' 라고 생각할 것이다)가 시대를 바꾸고
역사를 바꾸어나갈 수 있다.

역사상 가장 유쾌한 정치지도자

필자는 강금실 장관이 역사상 가장 유쾌한 정치지도자라고
생각한다. 급변하는 한국 사회의 중심에 서서 즉흥적·창의
적·개인적·감성적·무의식적인 정치문화를 직조해 나가는
그의 모습을 관찰하는 것은 진정 흥미롭다.

이 같은 정치지도자를 재미있고 살맛 나는 나라로 이끌어나
가는 지혜로운 리더로 만들 건지, 아니면 죽도 밥도 못 쑤는 우
유부단하고 미숙한 리더로 전락시켜 용퇴시킬지는 오직 국민
에 달려 있다. 무의식적인 인간은 칭찬하고, 존중하고, 실수를
이해하고 덮어주면 누구보다도 빠른 속도로 앞서나간다.

이는 감정이 충분히 살아나기 때문이다. 그러나 사사건건 간
섭하고, 타이르고, 비판하고, 비난하고, 집단주의에 맞추라고
강요하면 아예 판을 저버릴 정도로 살맛, 일할 맛을 잃고 만다.

무의식적인 인간은 판을 깨면 깼지, 절대로 자신의 신념을
포기하지 않는다. 그는 오직 자기 내면의 진실, 그와 공명하는
외부의 진실에 의해서만 바뀔 수 있다. 노무현 대통령 또한 오

죽 시달렸으면 "대통령 할 맛 안 난다", "재신임을 받겠다"라고
까지 했겠는가. 그러나 그가 자신에게 주어진 대통령직을 일시
적인 기분과 논리 때문에 스스로 포기할 것 같지는 않다. 그는
평소 다음과 같은 얘기를 해왔으니까 말이다.

"저는 참 행복한 정치인이라고 할 수 있겠습니다. 다들 선거
에서 지고 나면 옆에 있던 사람도 썰물처럼 빠져나가고 외면하
는데, 저는 비록 떨어졌지만 더 많은 분들에게 폭넓은 격려와
지지를 얻고 있으니 저처럼 행복한 정치인이 어디에 있겠습니
까. 여러분이 이토록 안타까워하시면서 저 하나가 잘 되라는
것보다 나라 전체가 잘 되어야 한다는 기대들이 저에게 쏟아지
는 것 같아 실로 어깨가 무겁습니다."

또한 2004년 새해를 맞이해 "올해에는 개혁의 세계 신기록을
세워봅시다"라고 각료들을 격려한 것만 보아도 알 수 있다.

필자는 노 대통령이 갈수록 나아질 거라고 믿는다. 대통령으
로서의 경험을 쌓고 여유가 생기면 그의 본래 자질인 순발력과
용기, 창의성이 빛을 발휘하면서 급변하는 미래에 창조적으로
적응하는 멋진 리더십을 발할 것이다.

사실 무의식적인 인간은 현실을 헤쳐나가며 지배하는 것보

다는 예술적·문화적으로 즐기며 노는 삶이 더 어울리고 적합하다. 무의식의 엄청난 에너지를 풀어내는 데는 딱딱한 국정보다는 유연한 정신세계, 부드럽고 공감하는 사랑의 세계가 한결 어울리기 때문이다.

따라서 그들이 공직사회 같은 경직된 집단에 들어가 적응하는 데는 다소 시간이 걸리게 마련이다. 또 관심 있는 방면이나 새로운 도전의 차원에서는 뛰어난 창조적·예술적 수행능력을 나타낸다.

하지만 관심이 없는 측면이나 이미 굳어진 일 등에서는 그 수행능력이 떨어진다.

그러므로 무의식적 인간에 대한 일반의 평가는 항상 엇갈린다. 노무현 대통령에 대한 지지가 세대 간 뚜렷한 격차를 보이고, 강금실 장관 또한 대중의 사랑을 한몸에 받고 있지만 내부 평가에서는 다소 그 이해가 다른 것도 바로 이 때문이다.

강금실은 민간전문가와 국회의원들이 실시한 '리더십 적합성' 분석에서 대상자 가운데 19위, 장관 리더십 자질 면에선 15위를 기록했다. 조사자들은 강금실 장관의 부족 요소로서 교섭력, 조직 내부의 의견수렴, 정치성, 대외적인 의사소통 등을 꼽았다. 아울러 통솔력, 신뢰, 전략적 사고 부문에서도 낮은 점수를 받았다.

결과적으로 그는 경쟁심, 정치성 등 두 항목을 제외한 나머지 부문의 평가점수는 모두 기대치보다 훨씬 못 미쳤다고 할 수 있다.

무의식적 인간에 대한 평가

그러나 무의식적 인간에 대한 진정한 평가를 위해서는 좀더 기다려야 한다. 무의식의 에너지가 현실, 특히 집단의 수장으로 자리잡을 때까지는 다소 시간이 걸리기 때문이다.

강금실은 2003년 한햇동안 언론매체의 집중 조명을 받았다. 다양한 보도를 접하면서 필자는 국내 언론들이 다소 성급하고 너무 들떠 있지 않나 싶었다.

2003년 한햇동안 가장 주목받은 한국 여성 둘을 꼽으라면 단연 가수 '이효리'와 '강금실' 장관을 들 수 있다. 이에 대해서는 누구도 이의를 달지 않을 것이다. 이 두 사람은 언론이라는 기제를 통해 일반 대중에게 좀더 가까이 다가갔다기보다는, 일반 대중의 정서라는 기제를 통해 언론상에서 그 평가가 지나치게 확장·왜곡되었다고 할 수 있다.

가수 이효리에게 쏟아지는 질문은 한결같다. "왜 그토록 본인이 열광적인 인기를 얻고 있다고 생각하나?" 그럴 때마다 그는 "글쎄요…" 하며 살짝 미소를 지을 뿐이다. 그런 그의 표정에는 겸손의 빛보다는 피곤의 기색이 역력하다. 그의 음악적 성장이라든가 대중 예술인으로서의 발전 가능성에 대해 진지하게 검토하는 언론은 드물었다. 자유인으로서 그의 솔직함과 당당함에 대해 주목하는 언론 또한 많지 않았다. 대체로 언론은 교묘한 '선정성'을 바탕으로 그를 치장하기에 바빴다면 지나친 억측일 것인가.

강금실에게 쏟아지는 질문 또한 늘 한결같다. "왜 그토록 본인이 열광적인 인기를 얻고 있다고 생각하나?" 그의 얼굴에도 지친 기색이 뚜렷하다. 새로운 정치문화를 이끌어가는 희망의 코드로서 그에게 주목하는 것은 언제나 '이혼한 경력', '화려한 패션', '톡톡 튀는 말과 행동'에 가려져 있다.

권력은 증식을 의미하고 변혁은 정화(淨化)를 뜻한다. 자본주의 사회는 최소한의 변혁을 통해 최대한의 증식을 도모한다. 그러므로 영리를 추구하는 사회는 늘 권력을 지향한다. 언론은 영리를 추구하는 조직이기도 하지만 공익을 실현할 의무가 있는 기관이기도 하다. 언론의 자유란 여기에서 비롯되는 것이 아닐까.

솔직함과 당당함을 통해 사회적·문화적·정치적 트렌드를 이끌어온 인물로서 이효리와 강금실을 꼽는 데는 주저없이 동의하지만, 이들에 대한 지난 언론의 평가에 대해서는 좀처럼 동의하기가 힘들다. 최소한의 권력을 통해 최대한의 변혁을 이끌어내는 언론상이 절실히 요청되고 있는 시대다. 진정한 평가란 진실에 바탕하지 않고서는 불가능하다.

무의식에 뿌리를 둔 개인주의자는 절대 악할 수 없다. 악은 대부분 집단의 이익을 위해서, 집단 이기주의 등에서 나온다. 집단을 위해 개인을 짓밟고, 그것에 더해 집단의 명분을 내세워 개인의 이기적인 욕망, 권력욕을 채우려 할 때 악행이 나오는 것이다 (최근 개봉한 영화 〈실미도〉에 등장하는 과거 중앙정보부장을 보라).

급변하는 현대 사회는 한 가지로 굳어진 의식적 리더보다는 다양한 힘을 발휘할 수 있는 무의식적 리더를 필요로 한다. 또한 하이테크놀로지가 많은 일을 해주고 있기 때문에 무의식적 지도자에게 결핍되어 있는 의식적 측면들은 많은 부분 그 보완이 가능하다. 집단이 약화되고 개인이 강화되는 인류 역사상 최초의 커다란 변화를 맞고 있는 현대 사회에서는 이른바 창의적이고 예술적인 지도력이 요구되는 것이다. 강금실 장관은 스스로 이 같은 예술 정치로 가는 건널목 역할을 할 수 있기를 바라고 있다.

따라서 필자는 강금실에게 거는 기대가 사뭇 크다. 사실 무의식적 인간들에게 권력이란 그다지 의미가 없기 때문이다. 더 큰 힘을 갖겠다고 아귀다툼하는 것은 노는 데에는 별 도움이 안

된다.

필자가 보기에 강금실에게 국정이란, 큰 놀이터에 불과하다. 국정을 크게 풀어 놀기에는 좋지만, 반드시 차지하고 앉아 있어야 할 매력적인 자리는 아니다.

세상은 국정 이외에도 재미있게 놀 만한 공간이 많기 때문이다. 그러나 강금실의 영향력은 상상을 초월할 정도의 예기치 못한 힘을 발휘할 수도 있다.

무엇보다 권력에 대한 욕심이 없기 때문이다. 권력은 집단주의자들이나 집착할 만한 대상인 것이다. 오랫동안 정치권에 뿌리내려온 비효율적 정치관행들은 강금실과 같은 인물의 의문 제기를 통해 흔들릴 수밖에 없을 것이고, 그의 진실되고 용기 있는 결단 앞에서 점점 무너질 수밖에 없을 것이다.

이는 또한 오랫동안 지나치게 억압받아 온 대중들에게 희망과 자유를 제시할 수 있는 새로운 세상의 문을 활짝 열어줄 것이다. 필자는 참여정부가 지난 1년 동안 많은 성과를 이루었다고 생각한다. 비록 경제 면에서는 여전히 침체를 벗어나고 있지 못하지만, 점차 호전되리라 확신한다. 개혁이 성공하고 근본이 바로 서면 경제 또한 탄력을 받아 앞으로 전진할 수 있기 때문이다.

좀더 긍정적인 결과를 바란다면 좀더 기다릴 줄 알아야 한다. 파란눈의 이방인 히딩크 감독을 끝까지 신뢰하고 기다린 결과, 2002년 월드컵 ‘4강’ 진출이라는 아름다운 결실을 맺은 것과 같이 말이다. 강금실의 모습에서도 그와 같은 참된 결실과 갈채를 받는 아름다운 퇴장을 바란다면, 우리는 좀더 기다려야만 할 것이다.

앞에서 말한 바와 같이 무의식이 현실에서 구체적인 자기 모습을 갖기까지는 다소 시간이 걸린다. 그러나 그렇게 오래 걸리지는 않는다. 무의식은 ‘빠른 속도’라는 속성을 가지고 있기 때문이다. 무의식적 인간인 노 대통령이 ‘생각하는 대로 말하는 사람’이라는 평을 듣는 것과 같이 말이다.

정신분석학에서는 무의식의 의식화를 ‘성숙’이라고 부른다. 다시 말하면 무의식은 어린이, 의식은 어른이라는 것이다. 따라서 무의식적 인간의 말과 행동은 철없는 어린아이의 것처럼 보이기도 한다.

강금실이 자신의 ‘보스’라고 할 수 있는 대통령의 발언에 대해 당당하게 비판적인 소신을 밝힌 것은 무의식적 인간이기에 가능한 것이다. 이를 의식적 인간의 측면에서 보면 이처럼 세상 모르는 철없는 소리도 없다. 이성적으로 따지면 말이 안 되기 때문이다. 그러나 감정적으로는 말이 된다.

무의식의 에너지가 강하게 올라오는 인간은, 무의식의 에너지를 억압하며 현실만 고수하는 인간보다는 성숙할 가능성, 즉 변화할 가능성이 훨씬 많다. 따라서 아직 분화되지 않은, 세련되지 않은 무의식의 에너지가 올라와 활동할 때는 마치 철모르는 어린아이에게 정치를 맡겨놓은 것 같지만 시간이 흘러 그 에너지가 제대로 현실 에너지화하면, 그 적응력과 미래를 개척해 나가는 창조적인 에너지는 엄청날 것이다.

어린아이와도 같은 무의식에는 거대한 성숙 가능성, 더 나아가 신과도 같은 폭발적인 에너지가 잠재해 있기 때문이다. "내 안에 부처가 있다"라는 불가의 가르침과도 일맥상통한다.

아마도 강금실의 여성적인 현실성이 노무현 대통령의 치고 나가는 천진성을 잘 보좌한다면 현실적으로 크게 탈이 날 일은 없을 것이다.

강금실은 문제 해결에 있어 원칙보다는 일반 여론이나 다양한 역학관계를 감안하는 탄력적인 입장을 취한다. 그에 따르면 누구보다 노 대통령이 강한 원칙주의자라는 것이다. 따라서 같은 현안을 놓고 두 사람은 때로는 동반자적 입장을 취하는가 하면, 갈등의 긴장관계로서 대립각을 세우기도 한다. 그러면서 일정한 '균형점'을 찾아나간다. 근본적으로는 법치주의에 입각해 있지만, 그 내면에는 인간적인 따뜻함과 정서가 살아 숨쉬는 정치를 추구하고 있는 것이다.

다시 한번 말하지만, 필자는 강금실을 비롯한 참여정부가 어떤 세상을 열어갈지 진정 기대감을 감출 수 없다. 어쩌면 그들은 우리 시대가 필요로 하는 새로운 유형의 칭기즈 칸이 될 수도 있다. 과거의 칭기즈 칸은 강력한 물리적 힘을 앞세워 세계를 정복하고 국민들에게 절대적 질서를 제시했지만, 신인류로서의 칭기즈 칸은 국민 개개인에게 멋진 삶을 안기면서 세계 정치문화에 새로운 화두를 던져줄 수도 있다. 마치 《백범일지》에서 김구 선생이 소원한 바와 같이 말이다.

나는 우리나라가 남의 것을 모방하는 나라가 되지 말고, 이러한 높고 새로운 문화의 근원이 되고 목표가 되고 모범이 되기를 원한다. 그래서 진정한 세계의 평화가 우리나라에서, 우리나라로 말미암아서 세계에 실현되기를 원한다. 홍익인간(弘益人間)이라는 우리 국조(國祖) 단군(檀君)의 이상이 이것이라 믿는다. 또 우리 민족의 재주와 정신과 과거의 단련이 이 사명을 달하기에 넉넉하고 우리 국토의 위치와 기타의 지리적 조건이 그러하며, 또 일차·이차의 세계대전을 치른 인류의 요구가 그러하며, 이러한 시대에 새로 나라를 고쳐 세우는 우리의 시기가 그러하다고 믿는다. 우리 민족이 주연배우로 세계의 무대에 등장할 날이 눈앞에 보이지 아니하는가.

사랑의 초원이 키운
위대한 권력, 칭기즈 칸

의사들 모임에서 누군가 다음과 같이 말했다.

"의사들, 이래선 안 돼. 개개인은 다 똑똑한데, 한데 모이면 일이 안 돼. 칭기즈 칸 같은 강력한 지도자가 나와야 하는데…."

칭기즈 칸 같은 지도자! 과연 어떤 지도자일까. 대초원을 통일하고 금나라를 쳐 몽고 제국을 일구고 인류 역사상 가장 넓은 영토를 정복했던 지도자! 자기 자신에 대한 확신을 바탕으로 한 평생 앞만 보고 달려나갔기에 가능했으리라. 그러나 그런 지도자를 만든 것은 어떤 절대적·물리적 힘이 아니라 바로 사랑이었다.

어머니와 부인 보르테, 쿠란의 사랑…. 평범한 권력자는 패거리가 키우지만 위대한 권력자는 사랑이 키운다. 사랑은 우리 내면에서, 영혼에서 가장 강한 힘을 이끌어내기 때문이다.

필자는 강금실에게서 큰 지도자의 가능성을 엿본다. 그건 바로 사랑에 대한 그의 태도 때문이다. 그는 사랑한다면 고통을 줄 수 없다고 믿는다. 고통스러울 때는 이미 사랑이 아니라는 뜻이다. 그 예로서 강금실은 종교적 사랑을 든다. 종교적 사랑이 충만하면 다른 사람에게 결코 해를 끼치지 않는다는 것이다.

사랑은 순수하면 순수할수록 더 큰 영혼의 힘을 이끌어낸다. 그 힘이 권력으로 향할 때 비로소 위대한 권력자가 탄생하는 것이다.

테무친은 아버지가 암살당한 후 아버지가 다스리던 부족으로부터 쫓겨나 초원에서 살았다. 어머니는 늑대를 잡아 먹이면서 아이들을 키웠다. 힘든 고생의 와중에 테무친은 장난기 많은 동생을 죽여버린다. 엄마는 크게 슬퍼하고 이는 테무친에게 큰 부담으로 작용한다. 벗어날래야 벗어날 수 없는, 그늘지고 무거운 짐.

초원에서 가족들하고만 초라하게 살고 있던 어느 날, 화려한 마차에 결혼 예물을 가득 실은 보르테가 찾아온다. 테무친의 아버지가 생전에 보르테의 아버지와 훗날 아이들이 성장하면 서로 결혼을 시키자고 약속했던 것이다.

예기치 않던 보르테의 방문에 테무친은 큰 책임감을 느끼고 형제들과 함께 옛날 자신의 터전으로 돌아가 원수들을 처단한다.

부족은 되찾았으나 어느 날 테무친은 보르테를 그만 다른 부족에게 빼앗기고 만다. 그들은 테무친 어머니의 부족으로서, 테무친의 아버지가 테무친의 어머니를 납치해 가자 그에 대한 복수의 일환으로 보르테를 납치해 간 것이다.

보르테를 납치해 간 부족은 그 세력이 너무 강력했기에 테무친은 9개월 동안 힘을 키웠다. 그리고 선배, 친구 쟈무카 등과 힘을 합쳐 그 부족을 무찌르고 보르테를 구한다. 그러나 보르테는 그 때 적장의 아기를 임신한 상태였다.

보르테는 "사랑하는 나의 테무친" 하고 눈물을 흘리며 반갑게 맞이했으나 테무친은 크게 실망하고는 방황한다. 어머니가 달래자 테무친은 이렇게 말한다.

"보르테는 끌려가자마자 자살을 택해야 마땅했습니다."

테무친에게 구출된 보르테는 결국 자살을 결심한다. 이를 눈치챈 테무친의 어머니가 간곡히 말리자 보르테는 이렇게 말한다. "만일 그 때 제가 자살했다면 테무친은 이처럼 강력한 힘을 키우지 않았을 것입니다."

테무친은 그 때부터 술을 마시고 정복한 부족의 여자들을 탐하며 방탕한 생활에 빠져든다. 그러던 어느 날 부하들로부터 좋은 여자를 잡아왔다는 말을 듣는다. 천막 안으로 들어가자 한 여자가 칼을 들고 서 있다. 만일 자기를 범하려 한다면 여기서 죽겠다면서 말이다. 테무친이 "어떻게 하면 나의 여자가 되겠느냐?"고 물었더니 여자가 대답한다.

"만일 당신이 엎드려 내 발에 입을 맞추면 당신의 여자가 되겠소."

테무친은 망설임없이 그녀의 발에 입을 맞추었고, 그녀는 테무친의 여자가 된다. 그녀가 바로 쿠란이다.

테무친은 너무 기뻐 어쩔 줄 몰라하며 쿠란에게 금은보화를 많이 주겠다고 한다. 쿠란은 이렇게 말한다.

"금은보화는 모두 보르테에게 주세요. 전 앞으로 전쟁터에서 백마를 타고 당신 곁에 있게만 해주면 그걸로 충분합니다. 아무리 험난한 전쟁터라도 늘 당신 곁에 있게 해주세요."

테무친은 용기백배한다. 쿠란의 순수한 사랑이 테무친을 방황에서 벗어나게 한 것이다.

보르테는 테무친에게 편지를 보낸다.

"사랑하는 테무친, 당신의 에너지의 원천인 쿠란을 만나게 된 것을 축하합니다."

테무친이 쿠란에게 너무 빠져든 나머지 국사를 등한시하자 한 장수가 테무친의 천막에 들어가 무릎을 꿇는다. 천막으로 함부로 들어오면 목을 베겠다는 명을 어긴 채. 눈을 부릅뜨며 테무친이 칼을 잡자 그가 호소한다.

"형님! 초원을 통일하겠다는 꿈을 버리신 겁니까. 그렇다면 저부터 베십시오."

쿠란이 테무친을 말리고, 테무친 역시 지난날을 반성하면서 초원 통일의 과업에 혼신의 힘을 집중한다. 마침내 테무친은 칭기즈 칸에 오른다. 그리고 목숨을 걸고 진언한 장수는 커다란 신임을 얻어 훗날 천하를 통일한 후 제국의 절반을 맡는다.

쿠란이 아기를 낳는다. 그 아기가 감기에 걸린다. 쿠란은 칭기즈 칸에게 부탁한다. 아기가 감기가 심하니 잠시 후방에 있다가 오겠다고. 칭기즈 칸은 아무 말도 하지 않는다. 그리고 자신이 가장 총애하는 부하에게 몰래 그 아기를 데려다가 피란민에게 주라고 지시한다. 피란민에게 귀한 아기라고 설명하고 금은보화를 주고, 그 피란민이 누구인지 알아오라고 지시한다. 그 부하는 돌아오다가 적에게 살해된다.

그 얘기를 들은 쿠란은 백마를 타고 미친 듯이 피란민 대열을 뒤지며 아기를 찾는다. 그러나 찾지 못한다. 그런 쿠란에게 칭기즈 칸은 말한다.

"당신이 처음에 말하지 않았소. 언제나 전쟁터에서 항상 내 곁에 있겠다고. 그런데 아기 때문에 그 약속을 어길 것이란 말인가. 그 아기는 나의 자식이니 어디를 가더라도 잘 살 것이오."

한번은 칭기즈 칸이 적을 공격하는 데 가장 무너뜨리기 힘들다는 절벽의 요새를 만난다. 철수하려고 할 때쯤 어디선가 낮익은 목소리가 들려온다. "제가 공격해 보겠습니다."

체구가 왜소한 볼품없는 군사다. 모두 비웃는다. 그 군사는 말을 타고 소리를 지르며 절벽으로 달려간다. 그러나 곧 적군이 쏜 화살에 맞아 말에서 떨어진다. 그 군사는 겨우 말에 매달린 채 돌아온다. 그 때 부하들이 소리를 친다.

"쿠란입니다!"

칭기즈 칸은 놀라서 달려간다. 쿠란이 군복을 입고 적진을 향해 돌진한 것이었다. 칭기즈 칸은 울부짖는다.

"형제들이여. 우리의 쿠란을 이렇게 만든 적들에게 복수를 하자!"

분노에 찬 칭기즈 칸의 군사들이 절벽의 요새로 질풍처럼 달려간다. 칭기즈 칸은 전쟁터에서 물러나 쿠란을 간호한다. 쿠란이 목에 화살을 맞고 쓰러진 것이다. 눈을 뜬 쿠란은 칭기즈 칸에게 애원한다.

"저는 괜찮으니, 빨리 가서 싸우세요."

이 싸움에서는 보르테가 낳은 아들도 커다란 공을 세운다. 그 또한 치명적인 부상을 입어가면서….

이는 필자의 머릿속에 새겨져 있는 칭기즈 칸에 관한 짧은 필름들이다. 칭기즈 칸에 관한 얘기는 항상 필자의 감정에 잔잔한 파문을 던진다. 특히 어머니의 희생적인 사랑, 보르테의 사랑, 쿠란의 사랑 등은 너무 감동적이다. 이들 사랑이 결국 칭기즈 칸을 탄생시킨 것이다. 사랑으로 키워진 칭기즈 칸은 수많은 친구들을 만날 수 있었고, 그들은 칭기즈 칸에게 큰 힘이 되었다. 그리고 동서고금을 막론하고 많은 사람들이 여전히 칭기즈 칸의 일생을 통해 자신의 꿈과 사랑을 키워왔다.

강금실 장관은 인생에서 사랑이 가장 중요하다고 밝힌 바 있다. 그가 바라는 사랑은 절대자에 대한 신앙과도 같이 순수한 사랑이다. 그의 에너지가 순수한 사랑에서 나오는 것이라면, 그의 힘은 아주 막강해질 수 있다.

순수한 사랑은 내적으로는 자기 안에서 맑고 강한 영혼의 힘을 이끌어내고, 외적으로는 많은 사람들의 존경과 사랑을 받을 수 있기 때문이다. 그녀의 대중적 인기는 아마도 그녀가 추구하는 '사랑의 힘'이 불러일으킨 것이 아닌가 싶다.

노무현 대통령도 사랑이 강한 사람이다. 불쌍하고 가난한 사람들 앞에서 종종 눈시울을 적시는 것은 그만큼 사랑이 강하다는 증명이다.

갑신년을 맞이한 현재 우리나라 상황을 120년 전의 갑신정변과 100년 전의 러·일 전쟁을 통해 분석하는 사람들이 많다. 그러나 오늘날 한국 사회는 그 당시와는 사뭇 다르다. 참여정부 출범 이후 한국 사회는 사상 유례 없는 변혁의 물결 위에 서 있다. 변혁을 완성해 가는 과정에서 매 순간순간이 혼란스럽게 비칠 뿐이다. 양적인 팽창은 분명 질적 전이를 가져온다. 현 한국 사회는 악화가 양화를 구축하는 것이 아니라, 바로 이 같은 질적 전화를 위한 혼신의 노력 위에 서 있는 것이다.

3

아름다운 휴머니스트

한 시인의 아름다운 노래처럼, 삶이란 어쩌면 끝끝내 연애가 아니겠는가.

강금실 장관의 삶의 궤적을 따라가다 보면, 늘 시대의 구석진 한켠에 자리한

소수자들의 마음 아픈 그늘에 가 닿는다. 그 그늘에서 잠시 머물다 보면

'시대와의 불화'를 열정적으로 건너온 강 장관의 향기로운 시선을 느낄 수 있다.

그는 시대와 불화한 사람들을 사랑하고, 이 땅의 모든 진정성과

아름다운 연애를 즐기는 끝끝내 따뜻한 '연애형 인간'이다.

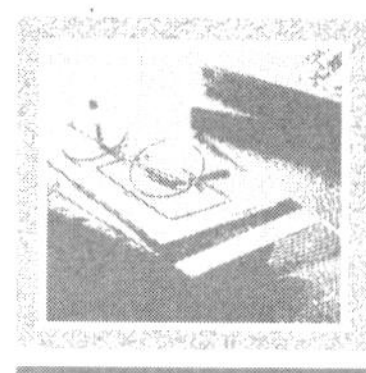

사랑을 좋아하는 자유인

　강금실 장관은 어떤 성격을 가지고 있을까. 성격은 타고난다고 하니, 그 유형을 알면 그의 가치관이나 신념, 판단과 결정 등에 대해 엿볼 수 있을 것이다. 성격 유형은 여러 가지로 나뉜다. 하지만 필자는 간단히 내향성과 외향성을 기준으로 살펴보고자 한다. 이 둘의 구분만으로도 많은 특성을 유추해 낼 수 있기 때문이다.

　필자가 생각할 때 강금실은 내성적인 성격의 소유자다. 법무부 장관직을 수행하는 인물이라면 매우 외향적일 듯한데, 오히려 그는 내성적 성격을 통해 사법부를 부드럽게 개혁해 나가고 있는 것이다.

그렇다면 사람이 성격이란 과연 무엇일까?

매력적인 성격의 탄생

원시 지구가 안정되고 하늘과 땅, 물과 빛 등이 조화롭게 제 자리를 잡았을 때 비로소 생명체가 태어날 수 있었다. 생명체는 자연이 생동하는 에너지를 조화롭고 충만하게 갖고 있다 보니, 그 에너지를 또 다른 생명체로 분출하지 않을 수 없었던 것이다. 봄기운이 완연할 때 아지랑이가 피는 것은 생명 현상의 아름다운 시초라고 할 수 있다.

그 아지랑이 같은 스프링 구조에서 생명의 근원인 단백질, 즉 이중나선형의 생명체가 형성되었다.

생명체는 조화롭게 응축된 자연의 에너지를 바탕으로 자유를 향해 나아간다. 150억 년 전 빅뱅을 통해 우주가 태어나고, 그 빅뱅이 향후 150억 년까지 진행됨에 따라 현재의 모든 에너지 흐름은 무질서도가 높은, 좀더 자유로운 쪽으로 움직인다(엔트로피 제2의 법칙).

생명체는 마치 풍선에 바람을 넣으면 푸르르 하고 멀리 날아가다가 바람이 빠지면 시들 듯, 자신 안에 응축된 생명력을 좀더 넓은 곳으로 옮겨가 퍼뜨리고자 한다.

이렇게 태어난 생명체는 가급적 오래 살고자 하는 경향을 가진다. 그 이유는 생명체를 만든 강력한 관성 때문이다. 45억 년 전 지구가 탄생한 이래로 10억 년 동안 무수한 자연변화와 시행착오를 거친 후 비로소 단세포 생명체가 나타났기에, 생명체는 강한 생명에 대한 관성을 갖고 있다.

이것이 곧 삶의 '본능'이다. 우리가 오래 살고자 하는 것도 이 때문이다.

이와는 반대로 자기가 태어난 '죽음', 즉 무생물로 다시 돌아가 머물고자 하는 관성도 갖고 있다. 무릇 관성이란, 나아가는 것은 계속 나아가고 머물러 있는 것은 계속 머물러 있고자 하는 자연의 성질로서, 한번 크게 머물러 생명 이전의 머무름을 일깨운 생명체는 계속 머무르려고 한다. 이것이 곧, 죽음의 본능이다. 한번 죽음의 맛을 크게 본 인간이 계속 자살 기도를 하는 것도, 우리가 정작 임종에 이르면 커다란 쾌감을 느끼며 죽음으로 들어가는 것도 이 때문이다.

생명현상은 피곤하다. 한정된 존재의 무거움을 안고 계속 자유와 생명의 연장으로 나아가야 하기 때문이다.

생명체는 자유를 통해 살 맛을 느낀다. 살 맛은 곧 해방감으로서, 생명체가 스스로를 발달 · 진화시키게 한 힘이자 뿌리치기 어려운 유혹이다.

자유는 살맛을 느끼게 해주지만 에너지가 차츰 고갈된다는 피곤함도 있다. 마치 풍선에서 바람이 빠지듯 말이다.

생명체는 무생물과는 달리 자율성, 스스로 선택하고 찾아다닐 수 있는 기능이 있기에 바람(에너지)이 빠질 만하면 자기 자신 안에 바람(에너지)을 찾아 집어넣는다. 바로 자연계에서 유용한 에너지를 찾아 집어넣는 것이다. 그 에너지는 한정되어 있기 때문에 생명체 간의 경쟁을 불러일으킨다.

이 같은 경쟁에서 승리한 생명체는 살아남을 수 있지만 그렇지 못한 생명체는 쓸쓸히 도태되고 만다. 누구보다 먼저 에너지를 차지하고 말겠다는 공격성은 생명체의 생존에 요구되는 기본 특성으로 새겨진다.

또 생명체는 언젠가는 반드시 시들 수밖에 없는 자신의 생명력을 연장하는 방책으로 자식의 출산을 발견할 수 있었다. 그 최초의 방식은 자신을 둘로 나누는 분열법이었다. 그러나 이는 자연계에 적응하는 데 효율적이지 못했다.

자연계에서의 삶은 자연을 개척하고, 자연으로부터 자신을 보호할 수 있을 때 그 연장이 가능하다. 따라서 생명체는 좀더 자신을 발전(진화)시켜야 하는데, 이 이분법을 통해서는 어미를 능가할 수가 없었다.

즉 10이라는 에너지를 가진 엄마가 자신을 5라는 에너지를 가진 두 자식으로 나누고, 그 두 자식이 각자 커서 10이 됐을 때 각각의 자식은 어떤 일이 있어도 기존에 엄마가 갖고 있는 에너지인 10을 뛰어넘지 못한다. 실제로 이러한 적응 방식을 택한 생명체는 수십억 년 전이나 오늘날이나, 그다지 발전한 바 없이 똑같은 형태를 유지하고 있다(대부분은 도태되었다).

그래서 오랜 진화의 과정에서 생명체는 자신을 그냥 둘로 분리시키기보다는 자신의 특성을 대극적으로 모아 분리시킨 다음 각각 성장한 훗날 결합시키면 좀더 발전적인 존재가 나온다는 사실을 발견했다. 변증법적으로 대극을 결합시키면 어미 이상의 우수한 존재의 탄생이 가능해지는 것이다.

생명체의 자기 안의 대극이란 좋은 에너지를 누구보다 빨리 가서 차지하는 공격성과 자신을 둘로 나눌 수 있는 방식이었다. 공격성은 에너지가 밖으로 향했고〔양(陽)〕, 자신을 둘로 나누는 방식은 에너지가 안으로 향했기 때문이다〔음(陰)〕.

이 둘은 생명 연장에 가장 필요한 것이기에 적합했다. 그래서 생명체는 한쪽에는 양의 특질을, 다른 쪽에는 음의 특질을 모아 각자 분리시키고, 나중에 결합시키는 방식을 선택했다. 이로써 남성과 여성이 탄생하게 된 것이다.

남성은 남성대로 여성은 여성대로, 각각 성장해 충분히 성숙해지면, 둘은 다시 하나로 결합해 부모보다 뛰어난 자손을 낳고, 그 자손은 자연에 좀더 효율적이고 적절하게 대응해 자신의 자유를 확대하고 최대한 실현하고자 했다. 이러한 육체의 길과 함께 정신도 분화되었다. 삶의 본능(성욕, 사랑)은 내향성을, 죽음의 본능(파괴, 공격심)은 외향성을 탄생·발달시켰다.

삶의 본능(내향성)이란 곧 삶을 번식·유지시키려고 하기 때문에 모든 정신 에너지가 안으로 쏠려진다. 아이를 임신하고 낳고 키우려면 에너지가 안으로 갈무리되어야 하는 것이다. 그래서 삶의 본능에서 비롯된 내성적인 사람들은 따뜻한 인간미를 갖고 있으며 사랑에 강하다.

죽음의 본능(외향성)은 삶을 지키고 자연계의 좋은 에너지를 빨리 차지하려고 하기 때문에 모든 에너지가 밖으로 쏠려진다. 그래서 죽음의 본능에서 비롯된 외향적인 사람들은 다른 사람과 싸움에 뛰어나고 현실에 강하다.

원시 생명체가 남녀 한 몸이었다가 각각 남자와 여자로 분화한 것과 같이 정신 또한 내향성(성욕)과 외향성(공격성)이 하나였다가 각자 분화했기에, 필자는 내향성과 외향성을 정신의 남녀라고 부른다. 그러나 육체의 남녀와 정신의 남녀가 반드시 일치하지는 않았다. 자연 환경이 그렇게 안전하지 않았기 때문이다. 남자도 여자의 일(가사일)을 돌봐야 했고 여자도 남자의 일(돈 버는 일)을 해야 했다.

또 과거 무리를 크게 키우고 육체의 힘이 강조되는 상황에서는 육체의 남녀와 정신의 남녀의 일치가 강조되었다. 하지만 현대와 같이 다원화된 하이테크놀로지 환경에서는 육체는 남자, 정신은 여자도 허용 · 권장되면서 그 반대 또한 가능해졌다.

여자 축구선수, 권투선수도 나오고 게이바도 존재하지 않는가. 요즘 유치원에 가보면 남자아이보다 덩치도 크고 괄괄한 여자아이들이 많다. 그러나 분명한 것은 인류가 진화하기 위해서는 대극이 존재해야만 하고, 분명 대극으로 나아가야 한다는 것이다. 남녀와 외향성 · 내향성은 많이 혼재되어 있지만 육체의 남녀, 정신의 남녀가 어떻게 분화 · 진화할지는 앞으로의 과제라고 할 수 있다.

이 두 성격의 여러 특징은 개개인의 상황이나 인격적 성숙도에 따라 서로 뒤섞여 나타날 수도 있다. 그러나 에너지의 근본 방향만은 바뀌지 않을 것이다. 하지만 인생의 고통과 체험이 축적되어 성격의 폭이 넓어지면 그만큼 포용성과 융통성도 커질 수 있다. 그 이유는 다음과 같다.

겉으로 드러난 남녀나 외향성 · 내향성은 현실적인 적응에 우선하는 것이다. 일단 살아야 생명도 있고 진화도 있기 때문이다. 그래서 남녀나 외향성 · 내향성은 겉으로 드러난 의식의 형태일 뿐이다.

아마도 전체 존재가 여자가 되고 전체 존재가 남자가 되는 것은 좀더 진화가 진전되고 자연계를 확실하게 지배했을 때의, 아주 멀고 먼(불가능한) 훗날이 될 것이다.

그러나 자연계의 변화를 보고 열린 마음으로 적응하는 사람은 내면의 반대 특성도 자기 것으로 삼아 활용하지만, 그 변화에 잘 적응하지 못하는 사람은 한쪽 성격만 고집하며 불편하고 힘들게 적응한다.

따라서 본래의 내향적인 성격에 외향적인 특질을 가미하거나, 반대로 본래 외향적인 성격에 내향적인 특질을 가미해 그 적응 폭을 넓히는 것은 당사자의 노력과 용기, 열린 마음과 믿음으로 가능하다. 익숙하지 않은 성격을 자기 것으로 하는 데는 그만큼 노력과 용기가 필요하기 때문이다. 그러나 타고난 성격의 축을 거부하는 것은 남자가 남자이기를 거부하는 것만큼 어렵다.

외향적 · 내성적 성격 특징을 살펴보면 다음과 같다.

공격성(현실)에서 비롯된 외향성은, 현실을 가장 중시하며 정신 에너지가 외부로 향함으로써 판단 기준이 밖에 있으며, 이성적 · 집단적이고, 타인과 어울리기를 좋아하고, 현실에 기준된 원칙에 통합되기를 추구한다. 그와 같은 분명한 원칙으로 남을 설득 · 강제 · 공격하기도 하며 눈앞의 현실이 중요하기 때문에 보수적이고, 현실에는 강하나 사랑에 약하고(현실적인 사랑에는 강하다), 계산과 저축에 뛰어나고, 다른 사람들과 싸움을 잘 한다. 하지만 뒤끝이 없고 현실이 정리되면 곧 모든 것을 잊고 현실에 집중하며, 순간보다는 미래를 중시한다. 컴퓨터로 말하면 하드웨어에 해당한다.

성욕(사랑)에서 비롯된 내향성은, 사랑을 가장 중시하며 정신 에너지가 안으로 향해 있어 판단 기준이 자기 안에 있다. 자기 느낌에 입각·판단하고 야단을 덜 타고 자신의 관심사 외에는 별 신경을 쓰지 않으며 기억에 담지도 않는다.

바깥 것에 대해 관심이 없기 때문에 순간순간 닥치면 생각하고 집중하지만, 겉으로 보면 아무 생각없는 사람처럼 보이기도 한다. 마음을 중시해 바깥의 진실보다는 내면의 진실을 더 소중히 하고 다른 사람에 대해 비판적이기보다는 이해심이 깊고, 감성적·독립적·개성적인 자신만의 공간에 홀로 있기를 좋아한다.

아울러 존중받고 존중하려 하며, 마음으로 세상을 보기 때문에 현실을 넘어 자유분방하고 진보적인 사고를 갖고, 사랑은 강하나(현실적인 사랑은 약하다) 공격성은 약하다. 따라서 현실적으로는 겁이 많고, 비굴하고, 타협을 잘 하고, 현실감이 별로 없으며 상상력이 뛰어나다. 남과 싸우거나 남들에게 자기 감정

표현을 잘 못하며, 마음의 상처를 받으면 오래 가고, 마음의 정리가 현실보다 우선적으로 필요하며, 미래보다는 바로 지금 이 순간이 소중한 성격이다. 컴퓨터로 말하면 소프트웨어에 해당한다.

'시대와의 불화'를 사랑하다

앞에서 말한 바와 같이 필자의 생각에는 강금실이 내향적 성격을 소유한 인물이 아닌가 싶다. 먼저 그는 '사랑'을 무엇보다 중요하게 여긴다. 최근 출판계 베스트셀러로 떠오르고 있는 《아침형 인간》이라는 책이 있다. 이 책의 제목에 비유해 강금실의 성격을 한 마디로 말하자면 '연애형 인간'이라고 할 수 있지 않을까.

'연애형 인간'이 강금실의 성격을 가장 상징적으로 보여준다고 하겠다. 필자가 좋아하는 한 시인의 아름다운 노래처럼, 삶이란 어쩌면 끝끝내 연애가 아니겠는가. 그의 삶의 궤적을 따라가다 보면, 늘 시대의 구석진 한켠에 자리한 소수자들의 마음 아픈 그늘에 가 닿는다. 그 그늘에서 잠시 머물다 보면 '시대와의 불화'를 열정적으로 건너온 강금실의 향기로운 시선을 느낄 수 있다.

그는 시대와 불화한 사람을 사랑하고, 이 땅의 모든 진정성과 아름다운 연애를 즐기는 진정한 휴머니스트다.

강금실은 또한 판단 기준을 자신 안에 가지고 있는 사람이다. 그는 많은 사람들의 사랑을 한몸에 받고 있지만, 정작 그 자신은 이에 연연하지 않는다. 그는 자신이 맡은 바 일을 충실히 하고 있는지에 관심을 가지고 있을 뿐이다. 외부 판단 기준에 매달리지 않는 자세가 곧 대외적 인기를 유지하는 비결이기도 하다. 다른 사람의 시선에 집착하는 사람일수록 자신 본연의 임무에는 충실하지 못하게 마련이다.

인기의 상승과 하락이 아니라 자기 일의 성공과 실패에 충실한 강금실은 진정 내적 판단 기준을 갖고 있는 몇 안 되는 이 사회의 지도자 중 하나다.

일각에서는 강금실이 사과를 너무 자주 한다고 지적한다. 그 같은 지적에 그는 고개를 갸우뚱하면서도 다시 한번 사과하는 성격이다. 다른 사람들이 어떻게 생각하든 별 관심이 없기 때문에, 누군가 야단을 치면 그저 아무렇지 않게 사과한다. 이것은 곧 자신의 행동을 진심으로 반성한 결과로 나타나는 것이 아니라, 자신이 사과를 하지 않으면 상대가 아파하기 때문에 사과를 하는 것이다.

그가 정말 잘못했다고 생각한 끝에 사과하는 경우를 필자는 어느 곳에서도 보지 못했다. 모든 사람에게 마음을 열고 솔직하게 노력하기 때문에 그는 늘 사과를 한다. 그의 사과에는 특유의 여성성도, 고도의 정치적 전략도 깃들여 있지 않다.

2003년 국정감사 당시 법제사법위원회 소속 한나라당 김기춘 의원이 강금실 장관에게 우리나라 초대 법무장관과 검찰총장 이름을 알고 있느냐고 질문한 바 있다. 그 때 그는 모른다고 답했다. 이는 자신의 관심사 이외에는 별 신경을 쓰지 않는 강금실 특유의 성격을 잘 보여주고 있다.

《논어(論語)》에는 다음과 같은 구절이 나온다.

"아는 것을 안다고 하고 모르는 것을 모른다고 하는 것, 이것이 곧 참된 앎이다(知之爲知之 不知爲不知 是知也)."

모르는 것을 모른다고 하는 것은 부끄러운 일이 아니다. 부끄러운 것은 모르는 것을 아는 체하는 것이다. 공자(孔子)는 모르는 것을 모른다고 하는 것을 오히려 참된 앎이라고 강조하고 있지 않은가.

이는 허위와 가식을 경계하고, 진리 앞에서 겸손하고 솔직할 것을 일러주는 가르침이 아닐까 싶다. 강금실의 솔직함과 겸손함이 많은 사람들의 사랑을 불러오는 중요한 미덕일 것이다.

또한 강금실은 마음이 맑은 사람을 좋아한다. 순수하고 맑은 마음을 가진 사람을 만나면 자신도 모르게 따뜻해지고 기분이 좋아진다는 것이다. 이 같은 면은 그가 '마음'의 빛깔을 중요하게 여긴다는 점을 보여준다. 아름다운 심안(心眼)을 통해 진실을 바라보는 풍경이란 얼마나 따뜻한가. 이러한 풍경이 하나하나 모여 향기로운 정부를 이루는 것은 아닐까.

하지만 자세히 들여다볼수록 강금실의 성격은 그리 평범한 것 같지는 않다. 필자의 눈으로 보면 그의 내향적 성격은 잘 분화·발달되어 있으며 진실을 통해 현실을 헤쳐가려는 감각과 육체의 여성성, 또한 무의식에 억압되어 있는 외향성을 '열린 자아'로 받아들이는 등 그는 익숙한 듯하면서도 어쩐지 낯선, 새로운 인간의 가능성을 솔직하게 보여주고 있다.

익숙하지만 매우 낯선,
신(新)인간

최근 들어 필자는 성(性)의 정체성에 대해 종종 혼돈을 느낄 때가 있다. 남자가 씩씩한 척해도 뭔가 어색하고, 여자가 귀여운 척해도 어색하다. 어쩐지 저 씩씩한 모습은 남자의 진짜 모습이 아닐 것 같고, 저 귀여운 모습도 여자의 참모습이 아닐 듯하다. 그렇게 느끼는 이유는 씩씩한 남자라고 다 용감한 것도, 귀여운 여자라고 모두 연약한 것도 아니기 때문이다.

오히려 귀여운 여자가 터프한 면모를 보이기도 하고, 씩씩한 남자가 정작 겁쟁이인 경우도 심심찮게 발견할 수 있다. 이는 전통적인 남성상과 여성상이 현대 사회에 들어와 그 정의와 개념에서부터 재검토되기 시작했기 때문일 것이다.

남녀가 서로 엇비슷해지는 현상은 어쩌면 자연의 진화에 역행하는 것일 수도 있다. 정신의 대극, 에너지의 대극은 어떻게 해서라도 이루어야 한다. 그래야만 비로소 변증법적으로 부모보다 더 훌륭한 자손을 낳아 진화가 계속될 수 있다. 진화는 거대한 생명의 관성이기 때문에 일순간의 생명체로서 그 관성을 거역하기란 쉽지 않다.

아무리 첨단문명이 발달하고 더 이상 남자의 힘이 적응력을 발휘할 수 없다고 하더라도, 어떻게든 남녀는 구분될 수 있어야 인류가 진화할 수 있다. 따라서 앞으로의 남녀 모습은 기존의 모습과는 다른 방식으로 구분·발달할 것으로 생각된다. 바로 여기서 익숙하면서도 매우 낯선, '신인간'이 탄생한다.

인간이 현실에 적응할 때 주축을 이루는 것이 곧 자아(ego, 의식 에너지의 중심)다. 자아는 의식의 중심으로서 내면의 에너지를 충분히 끌어내 쓰기 위해 자신이 완벽하다는 착각에 빠지곤 한다. 그러나 우리는 아직 완벽하지 않으며 진화의 여정에 있다. 특히 오늘날처럼 격변하는 세상에서는 얼마나 새롭게 잘 적응하는지, 아니면 전통적인 과거의 자아 태도에 머물러 있는지가 뚜렷이 구분된다. 새로운 적응을 게을리하지 않으면서 자기 존재 에너지와 잘 어울리며 진화로 나아가는 자가 곧 신인간이라고 할 수 있다.

나는 인간이 원숭이(침팬지)에서 분리돼 진화한 것같이 현재의 인간 또한 나뉘어 진화할 수 있다고 생각한다. 그리고 그 구분되는 시점이 바로 오늘날 사회가 아닌가 싶다. 바야흐로 현재는 과거의 전통적인 남녀 구분이 급격히 무너지고 있기 때문이다.

진화를 위해 인간은 결국 새로운 남녀가 되어야 하는데, 이 새로운 남성, 여성으로의 도달에 성공한 사람들은 그냥 머물러 있는 사람들과는 다른 방향으로 진화할 것이다.

재벌들은 보통사람들과는 다른 패턴을 갖고 있다는 책도 출간된 바 있듯이, 앞으로 인류는 역사를 이루어가는 커다란 줄기에서 신인간과 보통인간으로 나뉠 것이고, 신인간은 그 나름대로 새로운 색깔의 모습으로 진화해 갈 것이다.

신인간은 과거의 인간과는 다르다. 신여성은 여성다우면서도 전통적인 여성(연약함)에 머물러 있지 않고, 신남성 또한 남성다우면서도 과거의 남성다움(강인함)에 머물러 있지 않다. 신여성은 여성다우면서도 유약하지 않다. 신남성 또한 남성다우면서도 감성적으로 무디지 않다. 그러면서도 신여성, 신남성은 자신의 타고난 성의 역할에 충실하며 좀더 여성적으로, 좀더 남성적으로 지향한다. 여성성과 남성성도 충분히 발달하면서 말이다.

신여성은 감성에 공격성(현실성)을 더하고 신남성은 공격성(현실성)에 감성을 더한다. 그러면서도 여성성, 남성성을 유지할 수 있는 것은, 신여성은 무의식의 공격성(현실성)을 여성화해서 의식의 여성성으로 합체하고, 신남성은 무의식의 여성성(감성)을 남성화해서 의식에 합체하기 때문이다.

대표적인 신여성으로는 힐러리 클린턴을 들 수 있다. 그녀는 남편의 외도를 잘 참고 견디는 이른바 전통적인 '조강지처'의 역할을 수행하면서도 정치적으로는 대통령직을 겨냥한다.

한국 사회에서 대표적인 신인간·신여성의 모델을 찾으라 한다면, 필자는 강금실을 꼽고 싶다.

강금실에 대한 일반적인 평가 중 하나는 '여성스럽다'는 것이다. 강금실은 업무보고를 과(課)별로 받고 있다. 역대 장관들이 실(室)·국(局)별로 거시적인 수준에서 보고를 받은 것과는 사뭇 대조적이다. 그는 실·국장 방을 방문해 담당과장을 직접 불러 보고를 받는다. 이유는 간단하다. 실·국장 방의 구조와 분위기를 알고 싶어서라는 것이다.

그는 또한 정장 차림 일색인 국무회의에서 '망토' 패션으로 등장하기도 한다.

이와 같은 톡톡 튀는 그의 행보가 언론을 통해 세상에 알려지면 앞에서 말한 유목민들, 즉 신인간들은 그에게 아낌없는 지지를 보내고 환호한다. 이른바 '통했기' 때문이다.

신인간들은 '교감'을 매우 중요하게 여긴다. 한번도 실제 만난 적 없는 사람에게도 자신과 코드가 맞는다고 생각하면 아낌없는 지지를 보낸다. 한국 사회에서 강력한 세력으로 자리하고 있고, 지속적으로 성장하고 있는 '네티즌'을 떠올려보면 쉽게 고개를 끄덕일 수 있다. 참여정부의 출범 배경에는 이 같은 네티즌들의 상호교감과 보이지 않는, 그러나 매우 강력하고 새로운 연대가 자리하고 있다.

반면에 강금실을 바라보는 전통 세대의 시선은 곱지 않다. 단지 강금실이 다른 사람에게 예쁘게 보이고자 노력했다면, 그는 결코 망토를 두르거나 짧은 스커트를 입지 않았을 것이다. 물론 액세서리나 화장도 하지 않았을 것이다. 그는 단지 정치인의 전통적인 '브랜드'를 입지 않았을 뿐이다.

패션이란 늘 한 사회 흐름의 직접적 반영이자 트렌드를 이끌어나가는 키워드다. 그러므로 강금실의 눈에 띄는 패션 감각은 그만큼 우리 사회가 눈에 띄게 진보했다는 반증이기도 하다.

또 다른 예를 들어보자. 유시민씨가 보궐선거에서 당선된 후 의원선서를 할 때 정장을 입지 않았다는 이유로 선배 의원들에게 거부당한 일화는 전통 세대의 경직성을 그대로 보여주고 있으며, 이는 또한 급격한 '세대 단절'을 예고해 주고 있다. 왜냐

하면 신인간들은 이 사건을 통해 상호교감에 바탕한 자신들의 연대를 한층 공고히 다지는 계기가 되었을 테니까 말이다.

가장 전통적인 남성성의 상징이기도 한 법무부 장관직을 수행하면서도 고유한 여성성을 견지해 나아갈 수 있다는 점은 매우 흥미롭지 않을 수 없다. 생명의 진화, 인류의 진화가 진정한 남성다움과 여성다움의 획득에 있다면 강금실은 그에 앞서가는 새로운 인간 모델을 보여주고 있는 셈이다.

인권주의자 강금실

강금실은 경기여자고등학교를 수석으로 졸업한 후 서울대학교 법학과를 거쳐 스물네 살에 이른 1981년 사법고시에 합격했다.

그는 또한 사법연수원도 7등이라는 뛰어난 성적으로 마쳤으며 서울 지방법원 남부지원에서 판사 생활을 시작하면서 본격적인 법조인으로서의 첫발을 내디뎠다. 그 후 1996년 변호사로 개업한 뒤 '민주사회를 위한 변호사 모임(민변)' 에 가입, 1997년 검찰이 음란물로 기소한 《내게 거짓말을 해봐》의 작가 장정일 변론을 맡으면서 세상에 이름을 널리 알렸다.

말하자면 그는 한 사회의 엘리트로서 착실한 코스를 밟아온 셈이다. 그러나 강금실은 자신의 학창시절에는 공부한 기억보다는 열심히 연애한 추억, 즐겁게 논 기억이 더 많다고 고백한다. 그러니까 공부보다는 연애와 놀이에 착실했다는 것이다.

어쩌면 자유분방하고 늘 타인의 기억으로부터 자유롭고 싶었던 그의 가치관으로 미루어볼 때 국가기관의 담당자보다는 넓은 세상으로 나아가 시대와 불화한 많은 것들과의 연애를 바랐는지도 모른다.

인권의 그늘진 사각지대를 찾아가는 그의 많은 행보 가운데, 특히 정신과 전문의로서의 필자의 관심을 끄는 몇몇 아름다운 발걸음이 있어 소개하고자 한다.

사랑은 존재의 거처

성적 소수자의 슬픔이란 무엇일까. 다시 말해 이성애자들로 가득 찬 세상에서 동성애자들이 느끼는 소외는 무엇일까. 보편적 사랑의 방식을 따를 수 없는 자신의 사랑이 슬픈 것일까.

2002년 2월 제주인권학술회의가 끝난 후 게이인권운동가들과 함께 게이바를 방문한 적 있는 강금실은 고개를 흔든다. 사랑이 슬프기보다는 사랑을 가로막는 여건과 상황이 슬픈 것이라고. 사랑은 존재의 거처인데, 성적 소수자들은 그 거처를 차

단당한 채 사회의 그늘진 유곽을 맴돌고 있다. 사랑이란 누구에게나 각별한 체험이다. 자기 자신 안에 깃들여 있는 가장 아름다운 소통의 단서라고 할 수 있다. 그 단서가 비로소 어떤 대상에 닿아 하나의 '방식'이 성립되고, 그 방식이 하나하나 모여 하나의 건강한 사회 정신을 끌어간다.

강금실은 묻는다

"너는 사랑하는가. 너는 사랑에게 얼마나 솔직한가. 너는 그 사랑의 여건과 상황 속에서 얼마나 고뇌하는가."

이것이야말로 존재가 피해나갈 수 없는 근원적 물음이라는 것이다. 바로 이 물음에서 모든 삶의 씨줄과 날줄들이 풀려나와서 매듭을 짓고 엮으며 세상을 만들어가는 것이라고, 그 사랑의 물음에서 세상은 비로소 시작되는 것이라고, 강금실은 생각한다. 따라서 자신의 사랑에 대해 솔직했던 성적 소수자들은 자신의 사랑을 가로막는 여건과 상황을 극복하기 위해 노력하고 있다.

이는 성적 다수자, 성적 소수자의 문제가 아니라 강금실의 주장처럼 존재로서의 우리가 벗어날 수 없는 근원적 물음인 것이다.

단절이 아니라 소통을 통해 한 사회는 그 사회 구성원들의 진정한 거처가 되어야 할 것이다.

진정한 소통과 교감을 위하여

강금실이 세상 사람들의 본격적인 관심을 받기 시작한 것은 1997년 검찰이 음란물로 기소한 《내게 거짓말을 해봐》의 작가 장정일의 변론을 맡으면서부터다. 결국 이 사건에서 장정일 작가는 유죄가 인정되어 징역 6월에 집행유예 1년을 선고받았고, 상고심은 기각되었다.

강금실은 장정일에 대해 "글을 잘 쓰기 때문에 작가가 된 것이 아니라 세계 밖에서 세계 안과의 소통의 방편으로 글을 선택한 사람"으로 받아들여진다고 밝힌 바 있다. 장정일과의 첫만남에서 소년 같은 느낌이 들었다는 강금실은, 소송이 끝나고 3년 만에 다시 그를 만났을 때는 어떤 스님 같은 이미지를 발견했다고 한다. 소년과 스님은 어떤 이미지를 가지고 있을까? 그것은 바로 세계와의 일정한 '거리' 다. 일정한 '거리' 와 시선을 유지하며 대상과의 소통을 꿈꾸는 사람이 바로 작가다.

또한 강금실은 장정일이 《내게 거짓말을 해봐》라는 소설을 통해 하나의 화두를 던졌다고 생각한다. "이 소설이 음란한가, 음란하다면 왜 음란한가, 음란하지 않다면 왜 음란하지 않은가."

소통이란 주체의 시선과 대상의 시선이 만나는 지점에서 생겨난다. 즉 주체의 욕망과 대상의 욕망이 만나는 바로 그 지점에서 다양한 '이미지'가 생겨나고, 그 이미지를 통해 주체와 대상은 소통의 길을 열어갈 수 있다.

예를 들어 미술관에서 그림 한 점을 내가 관람하고 있다고 하자. 내가 그 그림을 감상하고 있을 때, 내가 바라보는 대상인 그 그림도 나를 바라보고 있는 것이다. 그러니까 내가 그 그림을 감상하는 동안 그림 또한 나를 감상하고 있는 것이다. 이 두 시선이 만나는 지점에서 비로소 소통의 가능성이 생겨나는 것이다.

그런데 일방적인 시선만을 강요하는 경우가 있다. 바로 '포르노그래피(pornography)'가 대표적인 사례다. 포르노그래피에 대한 국어사전의 정의를 살펴보자. "포르노그래피란 인간의 성적 행위의 묘사를 주로 한 도색적인 영화·회화·사진·소설 따위를 통틀어 이르는 말. 준말은 포르노."

필자는 이 정의에 결코 동의할 수 없다. '성적 행위의 묘사를 주로 한 도색적인' 작품을 모두 포르노라고 할 수는 없다.

포르노그래피에는 주체의 시선만 가득할 뿐 대상에 의한 시선은 없다. 즉 하나의 시선만을 일방적으로 강요하는 것이다. 포르노그래피 영화를 보면서 역겨움을 느끼는 것은 바로 강요된 하나의 관점 때문이다. 대상의 욕망이 제거되어 있기 때문에 포르노그래피 영화에 등장하는 주인공들은 그저 '섹스 기계'와도 같다.

《내게 거짓말을 해봐》는 이러한 포르노와는 거리가 멀다. 작가 스스로 밝히고 있듯이, 이 책은 작가의 정신을 표현하기 위해 포르노의 한 양식만을 빌려왔을 뿐이다. 예술적 가치 표현의 수단으로서의 형식만을 가지고 그 작품의 음란성과 반사회적 가치를 저울질한다는 것은 어불성설이다. 성적 묘사의 횟수나 노골적인 정도를 가지고 음란물의 여부를 판단하는 잣대는 그 사회가 얼마나 거대한 고정관념을 가지고 있는가를 반증해준다. 또한 장정일이 이 같은 음란물을 제작해 놓고도 반성의 빛을 보이지 않아 구속 수감시킨다는 결정 앞에서는 쓴웃음밖에 나오지 않는다.

《내게 거짓말을 해봐》가 음란물에 해당한다고 판결을 내린 법원은 성적 수치심과 성적 도의관념을 '현저히' 해친 성표현물은 반사회적 음란에 해당한다는 판단 기준을 제시했다. 하지만 강금실 변호사는 이에 결코 동의할 수 없었다.

그는 음란성을 판단하는 기준은 궁극적으로 그것을 받아들이는 개인의 심정적 수위에 달려 있다고 생각했다. 아울러 자기 자신 또한 외설에 대한 고정관념에서 벗어나는 데 오랜 시간 깊은 고민이 있었음을 이 사건의 변론을 통해 보여주었다. 장정일은 사회의 금기에 맞서 진정한 욕망과 해방을 제시하고자 인간의 육체관계를 하나의 형식으로서 사용했을 뿐이다.

한 사회의 모든 작가들은 사회의 금기에 맞서 저항할 수 있는 권리를 가지고 있다. 강금실 변호사는 그 권리를 보호해 주고자 많은 노력을 기울였던 것이다.

《장정일 화두, 혹은 코드》(행복한 책읽기 · 2001)에 실린 강금실 변호사의 〈장정일 변론기〉는 2004학년도 서강대학교 정시모집 논술고사의 제시문으로 출제된 바 있다.

논술출제위원장을 맡았던 서정목 교수는 "인터넷상 표현의 자유나 예술 표현의 자유를 묻고자 했는데, 강 장관의 변론기가 이 같은 표현의 자유와 책임 간의 관계를 뚜렷이 드러내 제시문으로 출제했다"라고 밝혔다.

1997년 재판 당시 검찰은 장정일에게 "성적으로 무방비 상태에 있는 청소년들이 이처럼 음란한 책을 읽는다면 어떤 일이 일어날지 생각해 보았는가?"라고 물은 적 있다.

그로부터 7년이 흐른 오늘날 사회는 대학 입학을 앞둔 청소년들에게 표현의 자유와 책임 간의 관계에 대해 어떻게 생각하는지를 묻고 있다. 만일 《내게 거짓말을 해봐》라는 책이 정녕 음란물이었다면, 논술고사를 마친 학생들이 귀갓길에 서점에 들러 이 책을 구입한다면 어떤 일이 일어날지 당시 소송을 맡았던 검찰에게 묻고 싶다. 그러나 안심해도 된다. 어떤 학생도 이 책을 서점에서 구입할 수 없기 때문이다.

《내게 거짓말을 해봐》는 한 사회의 거대한 고정관념과 기이한 잣대에 의해 아직도 수형생활을 하고 있다. 사회 어두운 한 켠에 여전히 갇혀 있다. 우리 사회는 출판의 자유를 헌법으로 보장하고 있다.

이 사회에는 개인의 자유와 가치를 억압하는 모든 금기에 맞서 용기 있게 싸워가는 사람들이 많다. 그들은 다음과 같이 외치고 있다. '나는 소망한다, 내게 금지된 것을.'

필자는 다음과 같이 외치고 싶다. '나는 소망한다, 내게 허락된 것을!'

강금실은 장정일에 대해 "언젠가는 우리가 먹는 것에 대해 자유롭게 이야기하는 것처럼 성에 대해서도 아무 거리낌없이 생각할 수 있는 시대가 올 것이고, 따라서 그는 시대를 앞서간 작가"라고 표현했다.

우리는 시대를 앞서간 한 작가와 시대를 앞서간 한 법조인의 모습을 살펴본 것이다.

강금실의 재테크

　강금실은 법무부 장관에 발탁된 다음 공직자 재산공개시 약 9억 원의 빚을 신고해 세간의 화제를 모았다. 법무법인 '지평'에서 받은 퇴직금 등으로 일부를 갚아 현재는 약 6억 원가량의 빚이 남아 있는 것으로 알려져 있다.

　수백억 원대의 불법 대선자금을 받고서도 그다지 반성의 빛이 보이지 않는 여느 정치인들에 미루어볼 때 이는 정녕 신선한 충격이 아닐 수 없다. 한 사회의 엘리트로서 법무부 수장의 자리에까지 오른 인물이, 그것도 부유층의 대표적인 직업이라고 할 수 있는 변호사를 거친 인물이 어떻게 이처럼 엄청난 액수의 빚을 지게 되었을까. 주식투자에 손을 댔다가 모두 날린 것일까. 아니면 놀기 좋아하고 연애를 좋아하는 성격 때문에 많은 빚을 지게 된 것일까.

정확하게 알 수는 없지만 위와 같은 이유로 빚을 졌으리라고 는 아무도 생각하지 않을 것이다. 만일 강금실이 일확천금이나 바라고 노는 데 정신이 팔려 빚을 질 만한 인물이라면, 그것을 다시 회복하는 데도 그다지 어려움을 겪지 않았을 것이다. 유 명변호사로서 수임료 높은 변론을 맡거나 고위공직자로서 이 른바 '딴주머니'를 차는 것은 그리 어려운 일이 아니었을 것이 기 때문이다.

전 남편의 출판사업을 돕느라 빚을 진 것으로 세간에는 알려 져 있지만, 이 또한 정확한 것은 아니다. 인권변호사로서 사회 의 그늘을 찾아다니면서 의식 있는 출판사의 사정을 도와가며 이래저래 조금씩 빚을 지다가 여기에 이른 것이 아닐까 싶다. 물론 이 또한 필자의 생각이지만 말이다.

중요한 것은 강금실의 수억 원대의 빚이 아니다. 흥미로운 것은 강금실의 재산에 대한 가치관이다.

강금실은 자신이 그토록 오랫동안 경제생활을 해왔는데, 이 처럼 많은 빚을 진 것에 대해 신기해한다. 이처럼 빚이 많은데 도 사회생활에 지장이 없고, 역설적이게도 화사하고 호화롭게 살아가고 있다는 것이다. 어떻게 이럴 수 있는지 자신조차 모른다는 것이다.

원금 상환은 엄두도 못 낸 채 그저 이자만 물고 있다는 강금실은 자신이 그처럼 많은 빚을 진 것에 대한 가장 큰 요인으로 자신의 태평한 성격을 꼽는다. 빚은 많지만 살아가는 데 별 지장이 없으니, 빚이 많아도 그다지 신경이 쓰이지 않는다는 것이다.

이와 같은 사실로 미루어볼 때 강금실은 평소 돈을 모으거나 재테크에 대해서는 거의 관심을 가지지 않는 듯하다. 그의 삶의 궤적을 따라가다 보면 돈을 좇거나 돈에 쫓기며 살아온 흔적은 보이지 않는다. 사랑이 없거나 놀이가 없다면 사는 데 많은 불편함을 느꼈겠지만, 돈이 없는 것은 그럭저럭 견딜 만한 것처럼 보인다.

강금실의 성격을 들여다보면 당장 불편하지 않으면 그 어떤 것에도 각별히 신경을 안 쓴다는 것을 알 수 있다. 그처럼 순간순간에 충실한 사람은 과거에 사로잡히거나 미래를 미리 생각하고 준비하는 성격이 아니다. 그러니까 지금 바로 이 순간 사는 데 아무 지장이 없는 것이다.

그리고 강금실이 스스로의 삶에 대해 '화사하고 호화롭다'고 밝힌 것은 글자 그대로 받아들일 수 있는 것이 아니다. 그와 같은 성격의 소유자는 꼭 필요한 것만을 소비하는 자세를 보인다. 인색한 것도 아니고, 그렇다고 사치스럽다거나 화려한 것은 더더욱 아니다. 조그만 일에도 큰 만족을 얻고 감사할 줄 아는 마음이 있기에 스스로 부족함이 없을뿐더러 화사하고 호화롭다고 느끼는 것은 아닐까. 그러니까, 그렇게 호화롭고 화사하게 사니까 재산이 없는 것이 어쩌면 당연한 것이다.

어떤 이는 고개를 갸우뚱하며 이렇게 반문할지도 모른다.

"글쎄요, 호의호식하고 호화롭게 사는 사람이라면 기본적으로 재산이 많아야 하는 것 아닌가요? 그러니까 재산이 많아야 화려하게 살 수 있는 것 아닌가 말이죠."

일반적인 관점에서는 이 말이 타당하다. 하지만 우리는 지금껏 아주 특별한 인물의 삶을 살펴보고 있다. 강금실과 같은 사람들은 이른바 '있으면 있는 대로 다 쓰는' 성격을 가지고 있다.

"돈이야 뭐, 또 모으면 되는 것 아닌가요? 아니면 말구요."

강금실은 이렇게 웃으며 대답할지도 모른다.

이는 매우 중요한 의미를 띤다. 최근 경제침체가 장기화되면서 전 사회에 걸쳐 재테크에 관한 사람들의 관심이 그 어느 때보다도 뜨겁다. 얼마 되지 않는 종잣돈으로 커다란 대박을 일구어내는 과정을 소개한 책들이 베스트셀러에 오르고 누구나 '부자'의 꿈을 향해 지푸라기라도 잡고픈 심정으로 재테크에 열중하고 있다.

더 이상 자신의 노후를 자신의 자녀에게 의존할 수 없다는 위기의식, 국민연금기금의 혜택 축소, 명예퇴직이나 구조조정에 대한 불안감 등이 빚어낸 하나의 사회 트렌드라고 할 수 있을 것이다. 너도나도 10억, 20억 원을 향해 허리띠를 졸라매고 초인적인 인내력을 바탕으로 달려가고 있다.

필자는 이 같은 사회 트렌드에 동의하지 않는다. 진정한 재테크라는 것은 무엇일까? 예를 들어 먹을 것 안 먹고, 입을 것 안 입어가며 나이 예순에 이르러 원하던 재테크를 이루었다고 가정해 보자. 과연 그 사람의 인생이 성공했다고 할 수 있을까? 수십억 재산을 일구어낸 것으로 젊은 시절의 고생을 보상받을 수 있을까?

"60대에 쓸 돈을 자신의 젊은 날의 열정에 쓰라"는 말이 있다. 누구에게나 인생이란 단 한 번뿐이다. 제아무리 뛰어난 사람도 인생을 두 번 살지는 못한다. 단 한 번뿐인 인생에서 가장 아름답고 매력적인 시절에 자신의 가장 많은 돈과 열정을 투자하는 것이 옳지 않겠는가.

강금실은 바로 이 같은 재테크를 보여주고 있다. 뒤집어 말하면, 이른바 '빚'이라는 것도 하나의 재산일 수 있다. 즉 대출을 많이 받을 수 있는 것도 하나의 능력이라는 것이다.

개인파산에 이를 때까지 돈을 쓰라는 것이 결코 아니다. 순간순간에 큰 만족을 얻는다는 것은 순간 순간의 삶에 그만큼 충실하다는 뜻이다. 자, 뒤를 돌아보라. 지금 이 순간 자신의 모습을 들여다보라. 그리고 그 모습을 누구보다 열심히 누구보다 뜨겁게 사랑하라.

강금실은 그토록 경제생활을 오래 했지만 수억대의 빚을 지고 있다. 이 같은 빚의 규모와 무게만큼이나 그는 자신의 삶을 뜨겁고 즐겁게 개척해 온 것은 아니겠는가.

강금실은 은행에서 빚 갚으라고 독촉장을 보내지 않는 한, 원금을 줄일 생각도 없을 것이다. 그는 돈 때문에 자신의 삶을 일정 부분 포기하거나 쪼들리게 하고 싶은 생각이 없을 테니까 말이다. 빚에 쪼들리는 것이 삶에 쪼들리는 것보다 낫다고 생각할 테니까 말이다.

마음 속에 겸허함과 감사함이 가득한 사람은 평범함에서도 고급함을 느낀다. 성경에는 다음과 같은 구절이 있다.

"저 들에 핀 백합꽃을 보아라. 입히지도 않고 먹이지도 않는데 솔로몬의 영화보다 더 아름답지 않느냐. 너희가 무엇을 걱정하며 사느냐."

인생을 살아가면서 자신의 길에 충실한 사람은 돈과 명예가 저절로 따르게 마련이다. 하루하루 성실히 집중하고 살다 보면 어느덧 저만치 앞서가 있는 자신을 발견하게 된다. 지금 당장 가진 것이 없다고 걱정하고, 훗날을 위해 돈을 쌓아두는 사람은 평생 가난하고 불안하게 살 수밖에 없다.

아무리 재물이 많다 해도 미래를 확신하고 현재를 행복하게 살아갈 수는 없는 노릇이다. 살아가는 데 필요한 재물은 내 정신에 쌓는 것이지 육체적 안락 위에 쌓는 것이 아니다. 육체 위에 아무리 쌓는다 한들 그것과 정비례해 마음과 영혼의 평화를 얻는 것은 아니다. 이 같은 의미에서 강금실의 삶은 우리에게 시사하는 바가 크다. 그의 삶은 행복하고 지혜로운 듯 느껴진다.

별것 아니지만, 평범한 진리이지만, 쓸데없는 걱정 하지 않으면서 항상 감사하는 마음으로 하루하루 열심히 사는 것! 이것이 곧 최선의 삶일 것이다.

필자가 아는 친구도 강금실과 사는 방식이 비슷하다.

나는 그가 평소에 돈 걱정 하는 것을 한번도 본 적이 없다. 하고 싶은 것, 즐기고 싶은 것 다 하면서 사는데, 이상하리만치 돈이 필요할 때면 꼭 돈이 생긴다. 전날까지 한푼도 없는 그가 다음날 기적같이 돈을 마련하곤 한다.

"참 신기하구나. 너는 대체 어떻게 그렇게 절묘하게 돈을 마련하곤 하니?"

"하하. 글쎄, 내 사주에는 천귀(天貴)가 들었다더군. 그러니까 하나님이 나를 귀히 여긴다는 거지. 빽이 하나님이니 걱정할 것이 뭐 있겠나?"

우스갯소리 같지만 마음의 행복이 곧 천국이라고 할 수 있지 않을까.

강금실의 많은 빚도 언젠가는 사라질 것이다. 자신도 모르게 빚을 져온 것처럼 자신도 모르게 그 빚이 사라질 것이다. 확신하건대 그는 분명 의로운 일을 하고 있다. 그것이 곧 그의 '재테크' 비결이다.

그러므로 내가 너희에게 이르노니, 목숨을 위하여 무엇을 먹을까, 무엇을 마실까, 몸을 위하여 무엇을 입을까 염려하지 말라. 목숨이 음식보다 중하지 아니하며, 몸이 의복보다 중하지 아니하냐? 공중의 새를 보라. 심지도 않고, 거두지도 않고, 창고에 모아들이지도 아니하되 너희 천부께서 기르시나니, 너희는 이것들보다 귀하지 아니하냐. 너희 중에 누가 염려함으로 그 키를 한 자나 더할 수 있느냐? 또 너희가 어찌 의복을 위하여 염려하느냐? 들의 백합꽃이 어떻게 자라는가 생각하여 보라. 수고도 아니하고 길쌈도 아니하느니라. 그러나 내가 너희에게 말하노니 솔로몬의 모든 영광으로도 입은 것이 이 꽃 하나만 같지 못하였느니라. 오늘 있다가 내일 아궁이에 던지우는 들풀들도 하나님이 이렇게 입히시거든 하물며 너희일까보냐. 믿음이 적은 자들아! 그러므로 염려하여 이르기를, 무엇을 먹을까, 무엇을 마실까, 무엇을 입을까, 하지 말라. 이는 다 이방인들이 구하는 것이리라. 너희 천부께서 이 모든 것이 너희에게 있어야 할 줄을 아시느니라. 너희는 먼저 그의 나라와 그의 의를 구하라. 그리하면 이 모든 것을 너희에게 더하시리라. 그러므로 내일 일을 위하여 염려하지 말라. 내일 일은 내일 염려할 것이요, 한낱 괴로움은 그날에 족하니라.

—〈마태복음〉 7장 24~34절

자유인과 경계인

"우리는 다른 민족도 아닌 같은 민족을 만나면 반쪽짜리 조국의 배
신자가 될 수밖에 없는 기막힌 시대에 살고 있다."

—송두율, 《전환기의 시대와 민족지성》 중에서

2003년 우리 사회에 손님 아닌 손님이 찾아왔다. 그의 이력
은 다음과 같다.

1944년 일본 도쿄 출생

1967년 서울대학교 철학과 졸업

1972년 프랑크푸르트대 대학원 철학박사

1982년 독일 뮌스터대 사회학과 교수

2003년 대한민국 국가보안법 위반 혐의로 구속 수감

사람들은 그를 '경계인'이라고 불렀다. 반 세기 넘게 갈라져 사는 조국의 남과 북, 여전히 사라지지 않고 있는 동과 서의 갈등 속에서 이쪽과 저쪽 어디에도 속하지 못한 채 불안하게 서 있는 경계인. 그의 한국 이름은 '송두율'이었다.

1968년 전 유럽을 뒤흔든 정치·경제·사회·문화 전반에 걸쳐 기성세대의 모든 것에 대한 도전이 나타나기 직전에 그는 고국을 떠났다. 그 후 1972년 유신헌법이 선포되면서 민청학련 등 지식인에 대한 탄압이 극에 달했을 무렵, 그는 독일에서 '민주사회건설협의회'를 발족시켰다. 이로써 그는 유신정권과 갈등을 빚었고, '입국금지'의 낙인이 그의 삶을 30년 이상 끊임없이 따라다녔다. 그런 그가 2003년 고국을 찾아와 남은 여생을 조국의 통일과 후학 양성에 매진하고 싶다는 뜻을 밝혔다.

여우도 죽을 때가 되면 자신의 고향 쪽으로 머리를 놓는다던가. 30년이 훌쩍 넘는 세월을, 자신의 청춘을 조국 통일과 학문 연구에 바친 사람을 맞이한 우리 사회는 그에게 의심의 눈초리를 거두지 않았다.

필자는 송두율 교수의 귀국을 두고 다시 한번 이념갈등에 휩

싸인 한국 사회를 들여다보면서 우리가 피와 땀으로 이룩한 모든 토대가 한 걸음 한 걸음 뒷걸음치는 듯한 느낌을 지울 수 없었다.

한 사회의 정신적 성숙도는 '포용'의 깊이로 가늠할 수 있다. 너무 예리하고 날카로운 잣대를 가진 사회는 늘 그 베인 상처가 깊은, 불우한 그늘을 양산할 수밖에 없다. 이를 우리는 격동의 한국현대사를 통과하면서 누구보다 잘 경험한 바다.

송두율 교수는 지난 시대 서슬퍼런 권력에 베인 채 30년 이상 경계에 서 있었지만, 그는 늘 자신을 버린 조국의 미래에 대해 연구해 왔다. 조국은 그를 버렸지만, 그는 조국을 끝내 버리지 못하고 수구초심의 마음으로 다시 돌아온 것이다. 그러나 어떤 형태로든 우리 사회는 그를 받아들이는 데 실패했다. 그는 30년 전 암울했던 시대의 잣대에 의해 또 한번 날카롭게 베인 채 국가보안법 위반 혐의로 구속 수감되었다.

강금실 장관은 법무부·대검·서울지검 검사들이 참석한 형사정책연구원의 '화요강좌' 석상에서 이 사회의 '진실과 화해'에 대해 언급했다. 그리고 진실과 화해를 위해 우리가 가야 할 길이 아직도 멀다고 안타까워했다.

그 날 강사로 나선 연세대학교 박명림 교수는 '경계인'에 대한 질문을 받고 나서 다음과 같이 답변했다.

“두 개의 극단이 존재하고 있는 상황에서 진실과 권력은 늘 충돌하는 관계이며, 권력관계에 따라 진실이 왜곡·굴절될 수 있다.”

그리고 그는 독일 출신 여성 철학자 한나 아렌트의 “진실의 반대는 허위가 아니라 권력이다”라고 덧붙였다. 이에 대해 강금실은 공감의 뜻을 나타내며 고개를 끄덕였다.

그리고 강금실은 “만델라 대통령이 남아프리카공화국을 화해와 용서로 바꿨지만 우리는 남북이 대치하는 상황에서 그 길이 얼마나 멀겠느냐”라고 말한 것으로 전해졌다.

‘화해와 용서, 그리고 진실.’

우리는 이 같은 말을 지난 시절 귀에 못이 박히도록 들어왔다. 5·6공화국의 군사독재 시절을 거쳐 새로운 문민정부가 출범했을 당시에도, 지난 과거를 화해와 용서로써 깨끗하게 청산하고 새 시대를 열어가자는 슬로건을 묵묵히 받아들일 수밖에 없었다. 새로운 시대를 위해 과거의 잘못과 허물을 용서하자는데, 달리 뾰족한 궁리가 없었을 터다. 그리고 내란음모죄의 판결을 받고 수감되었던 독재자들이 사면이라는 형식으로 유유히 우리 사회 안으로 다시 돌아오는 모습을 지켜보았다.

21세기 대한민국 첫 정부인 참여정부. 개혁의 기치를 내건 정부를 맞이해 송두율 교수는 영구귀국의 기회를 잡았다. 더 이상 날카롭고 서슬퍼런 잣대가 아닌 지혜롭고 부드러운 잣대로서 자신의 귀갓길의 진정한 의미를 가늠해 주기를 기대하고서 말이다. 그러나 우리 사회는 화해와 용서에 있어 과거 정권으로부터 단 한 걸음도 움직이지 못했음을 보여주고 말았다.

이는 진실의 반대는 허위가 아니라 권력임을 보여주는 단적인 예라고 할 수 있다. 보수세력들은 송 교수의 처리 문제를 자신들의 정치적 입지를 위한 기회로 한껏 활용했다. 한 개인의 고뇌와 번민, 상처와 진실 등에는 관심조차 없었다. 남북분단의 아픈 현실을 정치 헤게모니 장악을 위해 틈만 나면 휘둘렀다.

어느 국회의원은 강금실에게 "혹시 친척 중에 송씨가 있는 것 아니냐?"라는 차마 웃지 못할 질문까지 던졌다. 또 어떤 이는 "법무부 장관직에는 좌파 인사가 아니라 우파 인사가 더 적합하다. 강금실은 법무부 장관이 아니라 인권위원회 위원장에 어울릴 만한 사람"이라는 턱없는 주장을 펼치기도 했다.

강금실의 입장처럼 송 교수의 문제는 '용서와 화해, 그리고 진실'이라는 판단 기준을 통해 처리되어야 옳다. 이는 좌·우의 이분법적 잣대로서 판단을 내릴 수 있는 사안이 아니다. 우리는 송 교수를 이웃으로 따뜻하게 맞이함으로써 진정한 용서와 화해를 배울 수 있는 것이다.

강금실은 또한 송 교수의 사법처리에 대한 검찰의 판단을 전적으로 존중한다는 뜻을 밝혔다. 이는 송 교수에 대한 사법처리에 대해 동의한다는 뜻으로 해석할 수 없다. 그랬다면 그는 '존중'이라는 표현을 쓰지 않았을 것이기 때문이다. 송 교수의 문제에 대해 개인 자격으로서의 견해는 검찰과 다르지만, 공인으로서는 존중한다는 의미일 것이다. 송 교수에 대한 강금실의 발언을 둘러싸고 일제히 언론이 공격적 태도로 나왔기 때문에 부득불 검찰의 판단을 존중한다고 한 것이 결코 아니다.

이는 무엇보다 '원칙'을 중시하는 태도라고 할 수 있다.

강금실은 지금껏 우리가 살펴보았듯이 매우 자유분방한 성격을 가지고 있다. 그러나 그가 여느 '자유인'과 다른 까닭은 바로 이처럼 '원칙'을 존중하기 때문이다. 원칙이 존중받는 사회야말로 '포용'이라는 지혜롭고 부드러운 잣대를 가질 수 있다. 지금껏 우리 사회가 원칙이 존중받는 시대를 열어가기 위해 노력해 왔다면, 송 교수는 '포용'이라는 사회적 미덕에 의해 경계인의 자리에서 벗어나 우리 주변인으로서 다가올 수 있었을 것이다.

2004년 1월 13일. 서울 여의도 국회의사당 앞에서 '국가보안법' 철폐를 주장하며 송두율 교수의 부인 정정희씨가 1인 시위를 벌였다. 정씨의 전언에 따르면, 송 교수의 스승이기도 한 세계적인 석학 하버마스 교수는 한국 사회를 '야만스러운 사회'라고 평했다고 한다.

이 같은 사실을 두고 그 누가 오리엔털리즘에 젖은 서구인의 시각이라고 비난할 수 있겠는가.

강금실은 마지막으로 송 교수가 결국 우리 체제를 선택한 것 같다는 견해를 밝혔다. 그렇기 때문에 송 교수도 진실해야 한다고 덧붙였다.

진실은 분명 밝혀져야 한다. 그 어떤 경우에도 권력의 헤게모니 장악을 위해 진실이 사용되어서는 안 된다. 우리 사회는 수십 년 간 한 개인에게 경계인의 자리를 강요해 왔다. 그가 우리 체제를 선택한 만큼 진실을 진실 그 자체의 잣대로써 밝혀내고 하루 빨리 포용의 사회로 나아가야 할 것이다.

'자유인' 강금실 장관과 '경계인' 송두율 교수.

두 사람은 모두 이 땅에 대한 진실한 애정을 갖고 있다는 점에서 공통적이다. 인권변호사 시절 강금실은 민변에서 활동하면서 국가보안법 개혁과 한국전쟁에 따른 남북분단의 깊은 상처 치유를 위해 노력했다.

조국이 버린 송 교수는 결코 자신의 조국을 버리지 못한 채 다시 돌아와 푸른 수의를 입고 차디찬 감옥에 갇혀 있다. 물론 그의 석방을 위한 많은 노력들이 진행 중이다. 그리고 이 같은 노력들은 우리 사회의 진실에 대한 거리를 점점 좁혀나가고, 이제 '화해와 용서'가 아니라 '원칙과 포용'의 사회로 발전해 나갈 수 있는 견인차가 될 것임을 필자는 확신한다.

언젠가 강단에 선 송 교수의 강의실에 강금실 장관이 앉아 조용히 강의에 귀기울이고 있는 모습을 볼 수 있다면, 그 때 우리 사회는 한 걸음 더 발전한 모습을 당당하게 보여주게 될 것이다.

화해와 진실, 원칙과 포용의 길은 멀고 험난하지만, 누군가는 가야 할 길이며, 그 길 위에서 필자는 기꺼이 강금실 장관과 송 교수를 만나게 되기를 기원하는 바다.

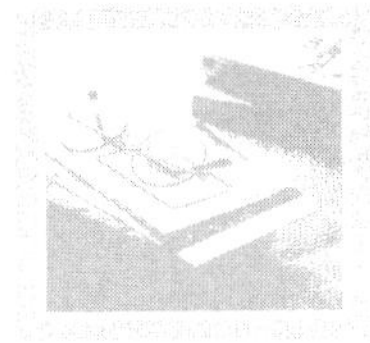

춤을 좋아하는 장관

강금실은 세상에서 제일 좋아하는 것으로 '춤'을 들었다. 그 다음은 노래라고 한다. 그래서일까, 필자는 이 책을 집필하는 동안 내내 '부드러운 칼의 노래'라는 이미지를 떠올렸다. 부드러운 칼의 움직임 하나하나가 아름다운 춤과 같고, 그 춤사위 하나하나에 깃들여 있는 추임새는 매력적인 노랫말처럼 들리는 듯하다.

대학시절 그는 탈춤반에서 활동했다. 또한 진주 교방춤의 대가 김수악 선생에게서 전수받은 살풀이춤은 가히 일품이라 "아예 전문적인 춤꾼으로 나서는 것이 어떻겠느냐"라는 권유를 많이 받았다고 한다.

김수악 선생은 강금실 장관에 대해 "얼굴도 예쁘고 이른바 '춤씨'도 있었지만 무엇보다 겸손하고 소탈했다"라고 술회한다. 조금도 잘난 척하지 않았으며, 오히려 아는 것도 모르는 척했다는 것이다.

강금실이 김수악 선생으로부터 춤을 배울 때의 일화다.

그와 함께 춤을 배우고 있던 또 다른 제자가 하루는 강금실에게 "무슨 일을 하느냐?"라고 물었다고 한다. 강금실이 "법원에서 일한다"라고 대답하자, 그 제자는 "그럼, 법원에서 타이프 쳐요?"라고 되물었다는 것이다.

김수악 선생은 이 때 강금실이 그저 배시시 웃었다고 기억을 더듬는다. 이는 강금실의 타인에 대한 배려와 존중을 엿볼 수 있는 따뜻한 일화가 아닐 수 없다.

'춤을 좋아하는 사람 치고 악한 사람은 없다' 라는 말이 있다. 필자는 이 말에 전적으로 공감한다. 춤을 좋아하는 사람은 자신의 에너지를 한 곳에 집중시키는 능력이 탁월하다. 말하자면 춤꾼들은 자신의 에너지를 나쁜 곳에 쓸 여력이 없다는 것이다.

비단 전통춤이나 예술 장르로서의 무용 등에 국한된 의미는 아니다. 이른바 '나이트클럽'을 즐겨 찾는 것도 정신 건강에 도움이 된다. 문제는 나이트클럽에 대한 사회의 부정적 인식과 그 이권을 둘러싼 검은 권력(마피아나 이른바 '조폭' 들도 하나의 거대한 권력이다)의 음모와 협잡이다.

춤을 즐기는 민족은 예술과 문화를 사랑하고 다른 사람을 존중하는 민족이다. 우리 민족은 오랜 옛날부터 아름답고 고유한 춤을 사랑해 왔고, 그러한 부드러운 동선을 따라 문화와 역사의 시선이 발전해 왔다.

강금실이 늘 건강한 모습으로 직무에 임해 온 것도 바로 춤이라는 적극적·역동적 에너지의 출처를 가지고 있기 때문이 아닌가 싶다.

그렇다면 춤을 좋아하는 사람의 심리는 무엇일까. 한번 그 동선을 따라가보도록 하자.

인간의 몸이란 참 신기하다. 내 몸은 나의 것이고, 나는 내 몸의 주인인 듯하지만, 사실 그렇지 않다. 내 몸 중에 내가 마음대로 할 수 있는 부분은 그리 많지 않다. 피곤하면 자야 하고, 배고프면 먹어야 하는 것과 같이 오히려 나는 몸의 노예이지, 주인이 아니다.

그렇다면 내 몸의 진정한 주인은 누구이고, 내 몸은 무엇을 원하는 걸까?

내 몸은 에너지 덩어리이고, 에너지 덩어리는 자유롭게 뻗어나가기를 원한다. 그런 가운데 몸은 자라고 성숙하지만, 그것만이 몸이 원하는 끝은 아니다.

모든 에너지가 무한한 자유를 향해 날아가는 것과 같이, 몸 또한 한없이 자유로워지기를 바란다. 그러나 몸의 성숙에는 제한이 있다. 이 지구상에서 몸을 갖는 유기체로 존재하려면 지금 정도 이상의 크기는 '효율성' 이 없기 때문이다.

결국 몸은 다른 방식을 통해 자신의 자유를 꿈꿀 수밖에 없다. 몸의 에너지를 정신 에너지로 전환시켜, 정신적으로 더 크게 자유롭든지, 몸의 에너지를 마음껏 꿈틀거리고 흔들어 방출함으로써 자유를 꾀할 수 있다.

그렇다면 자유로 뻗어가는 에너지는 무엇을 원하는 것일까? 무한한 자유를 향해 뻗어가는 에너지는 어떤 결과를 맞았을 때 가장 만족하는 것일까?

궁극적으로는 이 우주에서 사라지는 것일 테고, 그 전 단계는 아마도 '창조' 일 것이다. 태초에 하느님이 천지를 창조하시고, 보시기에 좋았다고 하니 아마도 창조하는 것이 좋고도 만족에 이르는 길일 수도 있다. 어쩌면 창조는 이 우주에서 더 멀리 뻗어갈 수 있는 길인지도 모른다.

나는 이 세계에 머물 수밖에 없지만 내 후손들은 무한한 우주 여행을 할 테니 말이다. 내 창조물들을 통해서 나는 더 멀리 뻗어가고 자유로워진다. 그렇다면 우주에서 사라지는 자유와 창조는 어떤 방식으로 획득할 수 있을까?

이는 반대와의 합일을 통해 이루어진다. 플러스 전자와 마이너스 전자가 똑같은 속도로 부딪히면 폭발하면서 사라진다고 한다. 가장 순수한 소립자는 반대 속성과 만났을 때 이 우주에서 사라질 수 있는 것이다.

반대를 만났을 때는 초월기능이 발휘됨으로써 변증법적으로 뛰어난 산물(자손)을 만들 수 있다. 그래서 모든 에너지는 반대와의 충돌, 결합을 존재적으로 원하고 있다. 이를 통해서만 자유를 향해 나아갈 수 있기 때문이다.

몸 또한 마찬가지다. 에너지 덩어리인 몸은 끝없이 반대와의 합일을 꾀하고 있다. 그 합일을 통해 자유로워질 수 있고 더 큰 자유(창조)를 꿈꿀 수 있기 때문이다. 이와 같은 합일의 구체적인 표현 중 하나가 바로 춤이다. 춤을 통해 무한한 자유를 향하는 엑스터시를 경험할 수 있는 것이다.

그렇다면 춤은 어떤 방식으로 합일을 통한 자유를 꾀할 수 있는 것일까? 춤은 혼자 추는 것이 아니다. 춤 가운데 '강신무(降神舞)'라는 것이 있다. 이는 혼자 추는 듯 보이지만 사실은 신과 함께 추는 것이다. 신과의 합일까지 올라갔을 때 더 큰 자유(엑스터시)가 기다리고 있다.

보통사람들의 춤에는 늘 파트너가 있고, 파트너와 합일에 준

하는 많은 행위를 한다. 살사든, 지루박이든 합일의 모방이 없는 동작은 없다. 그 모방이 가장 절묘하게 이루어졌을 때 사람들은 감동하고 탄복한다.

합일에 대한 지향, 자유에 대한 지향이 강한 사람일수록 더욱 춤에 빠져들 수 있다. 이로써 생명 에너지가 강하게 솟아올라 반대와의 결합 충동을 강하게 느끼는 젊은이들에게서 춤은 더욱 매력적인 행위가 될 수 있다.

현대 사회처럼 복잡하고 스트레스가 많은 현실에서 많은 젊은이들이 춤에 열광하는 것은 그 속에서 무한한 자유의 가능성을 발견하기 때문이다.

강금실은 순수하고 맑은 사람을 좋아한다고 밝힌 바 있다. 그런 사람을 만나면 기분이 좋아지고, 그렇지 못한 사람을 만나면 어쩐지 쓸쓸하고 개운치 않다고 했다. 하지만 그의 법무부 장관이란 직무는 그 누구보다 사람을 많이 만날 수밖에 없고, 엄격하고 공정한 대인관계를 추구해야 하는 자리다. 따라서 맑고 순수한 사람보다는 2차적인 관계, 즉 대인관계의 형식을 더 중시해야 하는 만남이 많을 것이다. 한 사회의 공인으로서 사람들의 관심을 한몸에 받고 있는 입장에서 그 스트레스와 피로를 짐작할 만하다.

강금실은 그러한 스트레스와 피로를 바로 '춤'을 통해 해소하고 있다. 단지 해소의 차원을 넘어, 그 속에서 또 다른 가능성의 세계, 무한한 자유의 세계를 발견하고 있는지도 모른다.

필자가 의과대학에 다닐 때 무엇엔가 홀린 듯 춤에 빠져든 선배들을 종종 본 적이 있었다. 공부에 억눌린 자유를 춤을 통해 발산해 내는 것이다. 한동안 춤을 통해 자유를 발산한 뒤 다시 일상으로 돌아와 더욱 충실한 삶을 끌어간다.

정신과 의사로서 상담한 환자 가운데에는 어렸을 적 자신을 많이 사랑해 주신 아버지가 갑자기 돌아가신 충격에서 좀처럼 벗어나지 못해 일상에서의 일탈을 호소해 온 경우도 있었다. 필자는 그녀에게 '춤'을 권유한 바 있다. 그 후 그녀는 점점 춤에 심취하면서, 점점 더 일상으로 들어와 정상인의 생활로 돌아갈 수 있었다.

몸을 많이 움직이면 말을 길게 할 필요가 없다. 몸짓에는 말 이상의 의미와 가치가 담겨져 있기 때문이다. 말은 의식에 국한되어 있는 반면, 몸은 의식과 무의식을 모두 반영하고 있다.

흔히 우리는 어떤 행동에 앞서 '어떻게 해야 할까?' 하고 생각을 한다. 그런데 정작 행동할 때는 그 같은 생각과는 정반대로 움직일 때가 있다. 이는 자신의 생각을 정당화하기 위해 억지 이유를 만들어내기 때문이다.

진실에 입각한 생각이 아니기에 존재적으로 억압되어 있고,

그 억압은 정작 행동할 때 몸을 반대로 움직이게끔 이끄는 것이다.

몸을 격렬하게, 때로는 부드럽게 움직이는 것은 합일의 자유에 바탕을 둔 것으로 강한 초월적인 매력이 깃들여 있다.

흔히 말하기를 '상생(相生)'의 정치를 구현하는 사회가 이상적이라고 한다.

글자 그대로 해석하자면 이는 '상극(相剋)'의 반대 의미로서 서로를 위하고 더불어 함께 살아가자는 뜻이다. 따라서 상생의 정치란 대결 구도로 치닫는 것을 지양하고 더불어 나라를 걱정하고 함께 발전시켜 나가자는 것이다.

춤을 좋아하는 강금실이 여느 정치인보다 눈에 띄고 대중의 각별한 사랑을 받는 이유는 이 상생을 넘어 '합일'을 지향하고 있기 때문이다. 그는 자신이 한 일 중 춤을 배운 것이 가장 잘한 일이라고 생각하고 있다. 명상의 한 기법으로서 몰입을 위한 아주 효과적인 방법이라는 것이다.

춤이란 '비워내는' 행위다. 남김없이 비워냄으로써 집중력을 갖는 것이다. 욕심을 비워내고, 욕심을 비워낸 자리마저 비워내고자 하는 텅 빈 욕심. 어쩌면 강금실은 지금 한국 정치 사회의 정화를 위해 아름다운 살풀이춤을 추고 있는 것은 아닐까.

우리나라의 정치상황을 들여다보면, 아직 '상생'의 길도 요

원한 듯 보인다. 상대의 약점과 상처를 집요하게 파고들고, 때로는 허구와 날조로써 진실을 규정하곤 한다. 그러고도 아무렇지도 않은 얼굴로 국민 앞에 서서 당당하다. 왜 그럴까?

한 마디로 일상에서 받는 스트레스와 피로를 잘못된 방향으로 해소해 나가기 때문이라고 할 수 있다. 즉 자신의 에너지를 부정적인 방식으로 표출하는 것이다. 속된 권력과 세속적 부귀, 일신의 안녕을 위해 자신의 에너지를 표출한다. 한번 움켜쥔 권력에 상상을 초월할 정도로 집착함으로써 그 자신의 에너지를 긍정적인 방향으로 쏘아올리지 못하는 것이다.

이와 같은 점에서 볼 때 우리 사회에 춤을 좋아하는 정치인이 있다는 것은 참으로 신선한 충격이 아닐 수 없다. 그릇된 방향으로 나아갈 수 있는 자신의 에너지를 긍정적 방향으로 움직이게 함으로써 또 다른 가능성의 세계를 끊임없이 엿보고, 그곳을 향해 나아가는 강금실 장관. 그에게 있어 춤이란, 좀더 큰 자유와 합일의 정치를 향한 아름다운 몸짓이 아니겠는가?

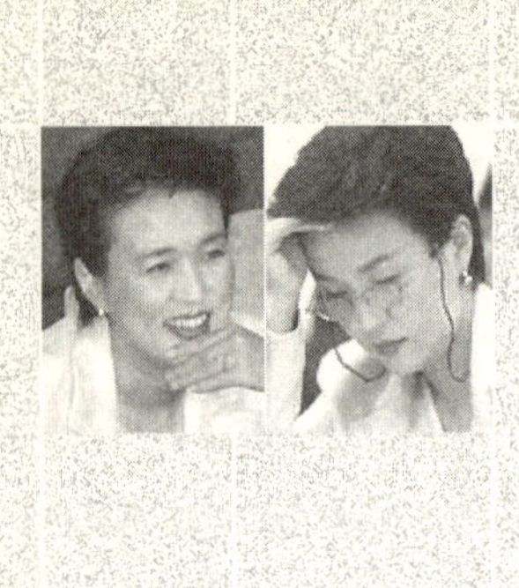

4

부드러운 직선

개혁이란 마치 물방울들의 연대와도 같다. 하나의 물방울이
또 하나의 물방울과 합쳐져 다시 새로운 하나의 좀더 큰 물방울이 되고,
이 물방울이 다시 또 다른 물방울에 닿아 좀더 큰 물방울이 되고….
이것이 곧 하나의 흐름을 이루고, 이 하나의 흐름이 다시 또 다른 흐름을 만나
좀더 큰 흐름을 이루고…. 이 하나 하나의 '이룸'이 마침내
거대한 강이 되어 드넓은 바다로 나아가게 된다.

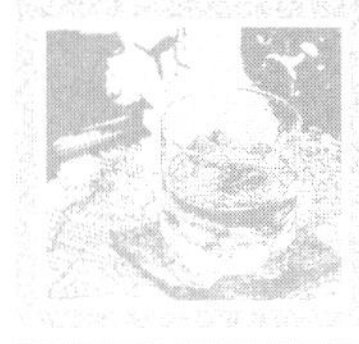

나는 소망한다, 내게 허락된 것을

친애하는 법무부 소속 여러분, 또한 법무부 산하 검찰청을 비롯한 각 기관의 여러분, 정말 반갑습니다. 이 자리에서 여러분을 만나게 되어 진심으로 기쁩니다. 그리고 각오를 다시 하게 됩니다.

오늘 오후 2시경에 청와대에서 법무부 장관 임명장을 받고, 대통령께서 장관들을 배석시킨 채 직접 브리핑을 하셨습니다.

그 때, 특히 법무부에 왜 서열을 무시한 여성 법무부 장관이 임명됐는가에 관해서 자세한 설명이 있으셨습니다. 그것은 조금 부적절할지 모르겠지만 한 마디로 말씀드리면, 새로운 변화의 시대, 검찰개혁이 최우선 과제로 떠오른 역사적인 이 시기에 종전의 검찰, 법무부와는 다른 새로운 '법무 문민화'의 시대를 열자는 말씀입니다.

법무부는 검찰청의 상급기관으로서 인사권 등을 통하여 견제를 하겠으나, 수사권은 어디까지나 검찰총장 이하 검사들 각자에게 전적으로 속한다는 선언이기도 합니다.
검사들이 소신껏 수사에 임하고 국민을 대신하는 공익의 대표자로서 수사를 책임지고 해나가는 자부심으로 명예롭게 살 수 있도록 공직자인 검사 한 분 한 분에게 신분보장과 복지, 기타 모든 지원을 아끼지 않겠다는 뜻입니다.

법무부의 문민화란 법무부와 검찰의 인적 구성이 사실상 동질화되었던 부분을 차단해서 검찰의 수사에 대한 외부로부터의 어떠한 부당한 은폐, 왜곡, 축소의 유혹을 배제하고, 법무부는 법무부대로 전문행정기구로 다시 태어나겠다는 것입니다.
이것이 지금 제가 이 자리에 와서 여러분을 만나게 된 가장 핵심적인 이유입니다. 그래서 먼저 설명을 드립니다.

저는 이 자리에 서기 전에 잠시 저의 집무실에서 검찰총장을 뵈었습니다. 짧은 시간이었지만 의견 교환을 나누면서 검찰총장께서 개혁의 큰 방향에 대하여는 저와 큰 차이가 없는 것 같다고 말씀하셨습니다.

저는 지금의 상황이 기존의 법조계에서 있지 못했던 파격적인 것이라는 것을 잘 알고 있습니다. 그래서 여러분이 마음속으로 많이 당황하셨고 처음에는 받아들이기가 매우 어려웠을 것이라는 것도 잘 알고 있습니다. 저 또한 마찬가지였습니다.

그렇지만 대통령께서 제시한 바로 그 길이 지금 땅에 떨어질 대로 떨어진 검찰의 위상을 살리는 길이라고 생각합니다. 제가 막상 장관으로 이 자리에 서게 된 이상, 저 또한 여러분과 한 식구로서 가슴이 아픕니다. 이래서는 안 된다고 생각합니다.

지금 이 시기를 놓치면 검찰의 권위는 다시 회복될 기회가 없습니다. 바로 엊그제 또 특검이 통과되었습니다. 이것을 어떻게 회복할 것이냐, 어떻게 검찰의 권위를 회복하고 법무부의 진정한 위상을 회복할 것이냐 하는 방법은 방금 말씀드린 서로 독립하고 견제하고 균형을 맞춰서 나가는 방법밖에 없다는 데 저는 적극 동의합니다.

저는 이러한 개혁의 기본 방향을 여러분이 잘 인식하고 동의하신다면 저를 적극 지원해 주고 믿어주시리라 생각합니다. 제가 이 자리에 섰을 때는 정말 단단한 각오를 하고 왔습니다. 여러분 모두를 위해서 최선을 다하여 헌신하겠습니다.

우선 가장 핵심이 되는 부분을 먼저 말씀드렸습니다만, 한 가지 덧붙인다면 법무부는 앞으로 어떤 방향으로 문민화가 진행되고 전문행정기관으로 재탄생하겠다는 것이냐 하는 것입니다.

그에 관하여 솔직히 말씀드리자면 저는 법무부가 검찰과 관련된 부분 외에 기능 면에서 국민과 멀어져 있었던 부분이 상당히 있었다고 봅니다. 그리고 실제로 하고 있는 일들에 관하여 그다지 많은 평가를 받지 못한 점들이 있었다고 봅니다. 국민의 인권, 특히 여성, 아동, 장애자 등 소수의 인권을 보호하는 어떤 정책들, 출입국관리사무와 난민문제, 이주노

동자 문제 등 너무나 할 일이 많습니다.

저는 이 모든 문제에 관하여 법무부에서 일하는 모든 분들이 각자 전문역량을 살리고 소신껏 의견을 말씀해 주시고 법무부의 앞날을 위해서 같이 합심하기를 진심으로 바랍니다.
그 구체적인 것들은 제가 일을 시작하면서 하나하나 풀어나가겠습니다만, 지금 제가 우선 말씀드리고 싶은 것이 있습니다. 제가 굳게 각오하고 헌신하고자 하는 만큼, 여러분도 저를 믿고 같이 법무부와 검찰을 위해서 새로운 각오로 이제까지의 생각을 모두 버리시고 헌신해 주기를 진심으로 바랍니다. 그리고 저를 적극 도와주시기 바랍니다.

우리가 잘 하고 열심히 해야만 법무부가 살고 검찰이 살고 이 나라가 삽니다. 여러분 모두 4,000만 국민을 대변하는 공익의 대표자들이십니다. 그러한 자긍심을 가슴 깊이 머릿속에 가득 채우시고 성심성의껏 합심하여 해나가기를 바랍니다.
마지막으로 저는 몇 가지 명제를 정리해서 말씀드리겠습니다. 제가 원하는 것은 '국민에게 당당한 검찰', '자랑스러운 검찰'입니다. 저는 여러분과 같이 일해 가는 과정에서 결코

무리하게 서두르지 않을 것입니다. 모든 분들의 의견을 들어
가면서 '모두가 기쁘게 동참하는 개혁'을 이루고 싶습니다.

여러분 모두에게 다시 한번 진심으로 감사드리며, 저를 도와
주시기를 간곡히 부탁드립니다. 그것은 저를 위한 것이 아니
라 여러분 자신을 위한 것이고, 검찰을 위한 것이고, 법무부
를 위한 것이며, 결국은 우리나라를 위한 것이라는 자각을
공유해 주시기 바랍니다.

고맙습니다.

2003년 2월 27일
법무부 장관 강금실

2003년 2월 27일 강금실 장관의 법무부 장관 취임사는 위와
같이 씌어졌다. 솔직히 말해 필자는 지금껏 살면서 장관의 취
임사를 눈여겨 본 적이 한번도 없었다. 그것은 먼저 하루가 멀
다하고 부처장관들이 바뀌고, 누구나 장관직에 올라 취임사를
쓸 때는 그저 형식적인 말과 가식적인 수사로써 치장한 것뿐이

라는 선입견 때문이었다.

그러나 참여정부 출범 1년을 맞이한 즈음해서 필자는 비로소 약 1년 전에 씌어진 강금실 장관의 취임사를 들여다보았다. 가슴 한켠에서 설명할 수 없는, 무엇인가 뜨거운 기운이 솟아올랐다.

쟁쟁한 선배들을 제치고, 그것도 여성의 몸으로 법무부 수장에 올랐을 때 그의 기분은 정녕 어떠했을까. 어떤 심정으로 취임사를 써내려갔을까. 자신의 장관 임명을 둘러싸고 나라가 온통 들끓었을 때 그는 정녕 무슨 생각으로 자신의 마음을 올곧게 다잡았을까.

잠시 펜을 놓고 눈을 감으면 참여정부 초기, 노 대통령과 평검사와의 대화 풍경이 고요히 떠오른다. 다소곳한 맵시로 풍경의 한켠에 자리하고 있었던 강금실 장관. 그 때 필자는 진정 우려하지 않을 수 없었다.

과연 저렇게 나약하고 가녀리게 생긴 사람이 무시무시한 사법부에서 버텨낼 수 있을까. 개혁은 고사하고 정녕 살아남을 수 있을까. 그래도 세상이 참 많이 바뀌긴 바뀌었구나. 일국의 대통령과 법무부 장관이 평검사와 동등한 자리에 앉아 머리를 맞대고, 가슴을 터놓고 뜨거운 공방을 펼치고 있구나. 그것만으로도 충분치 않은가.

하지만 그 진지한 풍경이 더 오래 진행될수록 필자의 우려는 점점 더해갔다. 좀처럼 평검사들의 입장을 이해하기가 어려웠던 것이다. 그리고 걱정은 점점 분노로 바뀌어갔다.

그러면 그렇지, 아무리 개혁을 외쳐도 그것을 받아들이는 사람이 없으면 공허한 메아리에 불과한 것을. 일말의 기대감에 리모컨으로 그 풍경을 차마 꺼버리지 못한 필자 자신이 한심스러웠다.

평검사와의 대화가 끝나고 이튿날 나라는 다시 온통 시끌벅적했다.

네티즌 사이에서는 이른바 '검사스럽다'는 신조어가 들불처럼 번져나갔다. 그리고 각종 인터넷 게시판에는 '검사스럽다'의 구체적인 정의가 끊임없이 퍼져나갔다.

1. 아버지에게 대드는 싸가지 없는 자식을 빗댄 말
2. 고생만 한다고 푸념하면서 정작 뒤로는 룸살롱 찾는 사람을 일컫는 속어
3. 한 말 또 하고, 또 하고…. 짜증날 때까지 말하는 사람을 통틀어 일컫는 말
4. 제 것은 안 주면서 남의 것은 빼앗기를 좋아하는 양아치의 새로운 준말

5. 최루탄 먹어가며 데모했다고 항변하는…. 그러나 실제는 무서워서 한 마디 말 못했던 사람들을 일컫는 말

6. 일본을 동경하는 사람들을 일컫는 말

7. 학번과 학벌을 들이대며 배우지 못한 사람들을 깎아내리기 좋아하는 인간들을 가리키는 말

8. 좋은 위치와 많은 급여를 받으면서도 더 좋은 대우를 바라는 뻔뻔한 사람

9. 노력은 안 하면서 자리 보장과 특권을 요구하는 사람

필자 또한 이 '검사스럽다' 라는 사전적 정의에 대해 전적으로 공감했다. 최근 유행하는 말로 필자에게도 이른바 검찰에 대한 '안 좋은 추억' 이 있기 때문이다.

언젠가 문신구라는 분이 필자에게 전화를 걸어왔다. 〈로리타〉라는 연극을 하려는데 자료를 좀 달라는 것이다. 필자는 〈로리타〉에 대해서는 아는 바가 없어, 어떤 내용이냐고 물었다. 그러자 그는 나이 든 사람이 나이 어린 여자와 사랑에 빠지는 내용이라는 것이다. 그런데 나이 차이가 좀 많이 난다고 덧붙였다. 여자 주인공이 10대 소녀란다.

필자는 '유아기 애증' 에 대한 정보를 보내주고, 흥미를 느껴

〈로리타〉라는 영화를 빌려보았다. 얼마 후 다시 전화가 왔다. 연극을 만들었는데, 시사회에 참석해 달라는 것이었다. 필자는 필자가 운영하고 있는 예술치료센터 회원들과 함께 시사회에 참석했다.

극장에 들어서서야 비로소 문신구씨가 〈미란다〉라는 연극을 올려 화제를 모은 적이 있었고, 심지어 고소까지 당했다는 사실도 알게 되었다.

막이 올랐다. 처음 배우의 소개말처럼 몇 달 동안 열심히 연습했다는 인상은 받았지만, 영화를 볼 때와 같은 흥미는 느낄 수 없었다. 특히 조그맣고 통통한 여주인공은 조금도 에로틱하지 않았다. 오히려 필자의 눈에는 여주인공의 엄마 역을 맡은 배우가 훨씬 더 매력적으로 비쳤다. 내심 '저 배우는 언제 벗을까' 하고 은근히 기대까지 했다.

어두컴컴한 조명은 어색했고, 원작과는 동떨어진 잡설 등은 연극 만든 분들은 멋지다고 생각할지 모르겠지만 필자의 입장에서는 답답하기만 했다.

'웬 말들이 저리 많아, 빨리빨리 진행이나 하지.'

이미 영화로 관람한 뒤끝이라 그런지 연극에서는 색다른 즐거움을 느낄 수 없었다. 그저 '로리타 엄마가 매력적이구나' 하는 것 외에는 말이다.

연극이 끝난 후 뒤풀이 자리에서 정일성 연출가와 문신구씨와 함께 할 수 있는 기회가 생겼다. 필자나 정 선생의 한결같은 얘기는 "벗기려면 확실히 벗기고 아니면 말지, 뭐 그리 답답하게 만들었느냐, 로리타라면 노벨 문학상을 받은 작품인데 뭐 그렇게 주저했느냐, 주인공이 왜 그리 땅딸막하고 뚱뚱하냐, 마지막 그 작가 역 배우는 잠옷 안에 뭐 그리 많이 껴입었어? 영화에서는 홑잠옷 차림이던데…" 등등이었다.

그러나 의외로 문신구씨는 신중했다. 나중에 들려오는 얘기로는 로리타 역으로 분한 여배우는 학생이었는데, 부모와 학교장으로부터 출연허가도 받았다고 한다.

그리고 세월이 흘렀고, 별다른 인상을 받지 못했던 〈로리타〉는 금세 필자의 기억에서 잊혀졌다. 그러던 어느 날 문신구씨로부터 전화가 왔다. 검사에게 고소를 당했다는 것이다. 여고생을 발가벗겨 무대에 세운 죄란다.

"아니 여주인공이 그 때 발가벗었습니까? 어두워서 아무것도 안 보였지만, 팬티는 분명히 입었던데…. 아, 그리고 영화 〈꽃잎〉에서는 열연한 배우 이정현도 온갖 연기 다 하잖아요. 그게 뭐 대단하다고 고소까지 당해요?"

"그러게요, 저도 모르겠습니다."

"잘 싸워보세요."

그런데 참 두고두고 곱씹어봐도 검사의 속내를 알 길이 없었다.

'참, 이상하군. 고소를 하려면 일찍 하지, 연극 다 내린 후에 하는 건 또 뭐람. 일찍 고소했으면 흥행에라도 도움이 되었을 텐데.'

정녕 이상한 나라다. 선진국에서는 무대에서 실제 정사도 벌이고, 〈에쿠우스〉 공연에서는 남녀 배우가 발가벗고 뛰어다니고, 경찰은 뒷좌석에서 정말 정사를 벌이나 감시하려고 입회도 한다는데, 왜 뒤늦게 이 야단법석들일까?

또 언젠가 야한(?) 글을 썼다가 집행유예까지 선고받은 한 교수를 만났는데, 그는 이렇게 푸념하는 것이었다.

"이제 저는 검열 노이로제에 걸렸습니다. 글을 쓸 때마다 외설이니 뭐니 시비당할 것 생각하면, 진저리가 납니다."

국민들의 표현의 자유를 억압해서 이 나라가 얻을 수 있는 것이 뭐가 있을까? 그러나 이는 한낱 공허한 울림에 불과하다. 검찰이 그와 같은 행동을 하는 이유는 자명하니까 말이다. 바로 기득권자들의 권리보호를 위해서다.

기득권자들이 온갖 부정부패를 일삼고, 국민들을 함부로 대하고, 자기들만 잘 먹고 잘 살고 마음껏 누리는 것을 보호하기 위해서 검찰이 앞장서 국민의 표현할 자유를 억압하는 것이다. 이는 억측이 아니다.

표현의 자유를 누리는 나라의 국민은 강하고 성숙하다. 이같은 나라에서는 돈 많고 권력 있는 자들이 자신의 뜻을 한껏 펼칠 수 없다. 이 같은 수준에 오르지 못한 나라에서는 그저 엎드려서 시키는 일만 하고, 주는 것만 받아먹으면 그만이다. 제아무리 표현의 자유를 외쳐봤자 입만 아프고 글만 아플 뿐이다.

법조계가 진실에 바탕을 두지 않는 한 국민들은 항상 불안과 두려움 속에서 살 수밖에 없다. 억울하면 출세를 해야 한다. 그러므로 우리 사회에서는 판검사나 국회의원이나 재벌이 되지 않은 사람들은 성공했다고 할 수 없다. 나는 못했지만, 내 자식만큼은 공부시켜서 판검사를 만드는 것이 꿈이요, 일생일대의 숙원이 되고 만다.

2003년 3월 대한민국 검사는 진정 '검사스러웠다.'

이것이 곧 당시 대한민국 검사를 바라보는 국민의 정서였다.

강금실 장관이 취임사에서 밝힌 대로, 검사의 위상은 땅에 떨어질 대로 떨어져 있었다. 그리고 검찰개혁이라는 중차대한 당면과제를 안고 1년의 세월이 흐른 현재, 다시 나라는 온통 검찰 때문에 들끓고 있다.

불법 대선자금 수사를 계기로 '검사스러웠던' 검사가 '검사다운' 검사로 거듭나고 있는 것이다. 성역 없는 수사와 개혁된 검찰의 시선을 들여다보며 국민들은 이제 열광하고 있다. 늘 강자의 이익만을 대변해 왔던 검찰이 국민에게 사랑받는 진정한 국가기관으로 환골탈태한 것이다. 이를 두고 한 언론은 2003년 올해의 인물로 '검찰' 을 선정하기도 했다.

국민에게 당당한 검찰, 자랑스러운 검찰을 향해 힘찬 발걸음을 떼고 있다.

무엇이 그들을 이토록 당당하게 변화시켰을까.

언론에 보도된 것처럼 검찰총장과 강금실 장관이 폭탄주를 마시고 보신탕을 즐기며 물밑 작업이라도 행한 것일까. 어떤 밀약이라도 맺은 것일까.

결과가 이렇다면 물밑 작업도 좋고 어떤 밀약을 맺어도 좋을 것이다.

무엇보다 검찰이 변화한 것은, 그 최고책임자인 강금실 장관이 일하기 좋은 환경을 마련해 주었기 때문이다. 사법부의 독립을 보장해 주고, 권력의 시녀 자리에서 벗어나게끔 도와주었기 때문이다. 그 같은 진실된 강금실 장관의 태도에 검찰 또한 하나 둘 변화와 개혁의 움직임으로 화답한 것은 아닐까.

검찰은 이제 국민들이 원하는 것이 무엇인지 하나하나 살펴 나가는 듯하다. 즉 우리 국민들은 어떤 금지된, 금기시하는 것들보다는 자신에게 주어진, 허락된 것을 소망해 왔을 뿐이다.

헌법상의 권리로 누구에게나 보장되어 있는 언론의 자유, 출판의 자유, 집회의 자유, 결사의 자유를 진정 바라고 있는 것이다.

누구에게나 주어진 권리를 억압하고 탄압하는 행위가 바로 사회의 '금기'가 아닌가.

이 같은 금기를 태생적으로 싫어하는 강 장관의 행보 아래 조용히, 격렬하게 검찰이 새롭고도 진실된 방향으로 강력한 에너지를 표출하고 있는 것이다.

사람은 어디에서나 사람을 만난다

안녕하셨어요. 법무부에 있는 강금실입니다. 제가 지금 이 글을 '장관' 으로서 쓰고 있는 것은 아닙니다. 그냥 법무부에 온 지 이제 넉 달, 100일이 좀 넘었지요. 그냥 편지가 쓰고 싶어졌습니다. 그리고 앞으로도 종종 그럴 것 같습니다. 그러니까 여러분께 그냥 마음의 편지가 쓰고 싶어졌어요. '타인에게 말 걸기', 이것은 소설의 제목이었는지 모르겠으나, 제가 좋아하는 표현입니다. '말 걸기' 를 하고 싶어졌나 봅니다. 말을 건다는 것은 자신의 마음에서 상대의 마음으로 옮겨가고자 하는 사람이 사람과 함께 숨쉬고, 살기를 원하는 첫번째 변화 같아요.

저는 무엇보다도 제가 검사인 여러분께 이렇게 마음을 옮기고 싶게 만들어준, 정서의 변화를 가져다 준 여러분에게 깊이 고마움을 느껴요. 제가 미처 생각하지 못하였던 체험이고 변화입니다. 결론부터 말하면, 제가 법무부에 와서 정서적으로 여러분을 사랑하고 믿게 만들어준 어떤 변화들에 대하여 깊이 감사드립니다.

이 글을 쓰기 전에 인터넷 기사를 읽다가 제가 오기 직전, 온 직후의 기사를 우연히 보았어요. 그 때 '검찰개혁'과 관련하여 제가 하였던 이야기들을 보았어요. 그리고 그 후에도 여러 지면을 통하여 이 이야기, 저 이야기가 나왔지요. 그 내용에서 달라진 것은 없습니다. 그 때나 지금이나 저의 기본 생각이나 철학이 바뀐 것은 아닙니다. 다만 근본적으로 달라진 것이 있다면, 법무부에 와서 많은 검사님들과 생활하고, 만나고 이야기하면서 안에서 깊이 삶 속에서 체험하듯이 더 많은 문제들의 근원을 가슴으로 이해하고 받아들이게 되었다는 것이 달라진 점 같습니다.

'마음의 행로' 라는 말도 있지요. 이것은 영화제목인데요. 제 마음의 행로를 구체적으로 설명해 드리기는 어렵습니다. 그

것은 처음 시작한 또 다른 삶의 전장에서의 살아 있음이 제 생애를 살면서 느껴가는 과정일 뿐이지요. '느낌'의 생애라고 할 수 있겠어요. 4월 어느 날엔가 법무부에서 일하시는 검사들과 점심을 먹다가 가슴 속에 그런 느낌이 번졌어요. 내가 이 사람들을 사랑하는구나, 이 사람들이 나였으면 좋겠다 하는 소망 같은 것. 그리고 나로서는 행복하게도, 그런 마음의 행로가 계속되어 왔어요. 도대체 내가 갖고 있던 고정관념 속의 검사와는 너무 다른, 철저히 객관적이고 균형 잡힌 법률가의 세계관을 유지하는 검사님이 있었어요. 그것은 헌법과 법률을 실행하는 준사법기관으로서의 검사의 출발점이겠지요. 지금 현실의 검찰조직에 닫힌 시각이 아니라, 교과서에 나오는 검사였어요. 아마도 내 고정관념 속의 검사는 검찰이라는 권력기관 속에서 편향된 권력으로 부풀어오른 이미지였던가 봅니다.

또 '눈사람'도 만났어요. 이것은 제가 붙인 별명인데, 그냥 눈사람의 이미지입니다. 아주 깨끗하고 아름답고, 햇빛 속에서 순식간에 제 몸을 흔적 없이 다 녹여낼 수 있는 자기를 비워버린 순정함 같은 것. 너무 많은 눈사람들이 검찰이 이 어려운 시기에 이르기까지, 그 안에서 영혼을 다치지 않고 살고 있었어요. 그냥 자유인으로 제 모습을 드러내지 않고 아주 묵묵히 살고 있었어요. 저는 계속하여 검사의 정체성에 대하여 생각하여 왔습니다. 제가 안에 들어와서 같이 사는 사람으로 부딪치고 느끼면서요. 아직 온전한 생각에 이르지는 아니하였으나, 저는 검사가 삶의 한 극점에 이른 ‘순결성’을 지닌 직업인이라고 지금은 생각하고 있습니다. 이 ‘순결성’이라는 화두에 대하여 계속 반복하여 깊이 생각하고 있습니다. 아마도 나라와 민족이라는 말로, 혹은 국민을 위해서라는 말로, 공익이라는 말로 표현되는 직업의 본질에서 자신을, 사심을 뛰어넘은 자리에 이르러 자기가 베어지고 지극히 정제된 단순한 정점에 이르렀을 때, 우리는 순결함이라는 표현을 쓸 수 있겠지요.

제가 어느 글에선가도 인용하였던, 무척 좋아하는 김수영의 싯귀절이 있습니다.
‘길이 끝이 나기 전에는 나의 그림자를 보이지 않으리, 적진을 돌격하는 전사와 같이, 나무에서 떨어진 새와 같이, 적에게나 벗에게나, 땅에게나 그리고 모든 것에서부터, 나를 감추리.’
이 시를 왜 좋아하게 되었는지는 모르지만, 지금 와서 보면 저는 삶의 진정성은 전사로서의 삶이고, 전사의 영혼이 순결함을 표상한다는 믿음에 이른 것 같습니다. 요즘은 그래서 '전사'와 '투사'에 대하여서도 생각합니다. 투사는 무언가의 목적을 이루기 위하여 싸우지요.

그러나 전사는 자기 삶을 이미 죽음 속에 던지고 살아남음의 미련이 없는 자정까지 가서 삶 그 자체를 대면하고 싸웁니다. 저는 검사라는 직업뿐 아니라, 우리 모두의 삶이 전사로서의 삶이라는 믿음을 갖게 된 것 같습니다. 살아 있음의 안온함과 평화를 원하지만, 삶의 전장은 그것을 방해하는 무엇들과 그침 없이 다투고 다투면서 궁극에는, 결국은 자기 자신 안의 세상의 방해하는 무엇들의 힘 속에 투항하고자 하는 자기 자신과의 치열한 싸움이 아닌가.

그런 의미에서 전사의 영혼을 생각합니다. 그런 의미에서 전사는 남아 있는 것이 없습니다. 아무것도 없이 삶을 직면하기에 스스로 겸허할 수밖에 없습니다. 그것이 사람의 생애가 만들어낸 가장 순결한 상태가 아닐까. 말이 너무 번졌는가요. 그런 생각 속에서 검사라는 직업은 그 순결성에 가장 가까이 가 있는 사회적 실존형태가 아닐까 그런 생각을 합니다.

저는 그래서 요즘 순결성의 회복에 대하여 많이 생각해요. 순결함이 너무 많은 상처를 받아온 역사에 대해서도 그 원인들에 대해서도 회복이라는 말을 드리는 것은 지금의 검찰 속에 그 순결함을 다치게 하거나, 오염시킨 문화들이 아직도 여전히 남아 있다고 생각하기 때문입니다. 제가 할 수 있는 역할이 있다면 여러분의 순결성을 지켜주기 위하여 헌신하는 것이 아닐까 그렇게 생각합니다. 그리고 제가 아직도 남아 있다고 생각하는 그릇됨들과 내가 다투어야 하는 것이 아닐까 그렇게 생각합니다. 그리고 만일 여러분이 제 이야기가 일리 있다고 생각한다면, 같이 합심하여 다투기를 희망합니다.

제가 오늘 말씀드린 것은 지금까지 제가 하여온 생각들의 일면을 전하는 데 그치는 것입니다. 저는 우리 모두가 동의하고 지키기를 원하는, 되찾기를 원하는 어떤 정신의 바탕 위에서 대화가, 모든 논의가 진행되기를 희망합니다. 아주 밑바닥의 무엇, 근원, 우리 자신에게 우리의 일상성 속에서도, 무언가를 뛰어넘어 있는 어떤 상태, 사회가 우리에게 부여한 숭고한 자리, 우리에게 희망하는 무엇, 그것을 깊이 멀리, 넓게 더듬어나가면서 길을 찾아가고 싶은 것입니다.

길, 나그네, 그런 말들 속에는 무언가 비움의 이미지가 있지 않은가요. 내 앞의 길은 언젠가 끝이 나겠지만, 그 길은 영원히 계속될 것인지. 오늘 제 이야기가 제 느낌대로 흐르다 보니 너무 튀고, 당혹스럽지 않을까 모르겠습니다. 요즘 제게 행복감을 주는 유일한 기쁨 같은 것은, 아름다운 사람을 만나는 일입니다. 그 안에 대부분 여러분이 있습니다. 마음으로 사랑하고 믿으면서 사는 일만큼, 언제 끝날지 모르는 길 위에서 기쁜 큰 위안은 없는 것 같습니다.

제게 사람은 어디에서나 사람을 만난다는 것을 일깨워주고, 제가 받아들인 삶의 많은 부분을 메워주신 데 대하여 다시 한번 고마움을 전하면서.

2003년 6월 30일
강금실 드림

사람과 사람 사이의 관계란 그저 연회장이나 모임들 속에서 서로 예의를 갖춰 인사를 나누고 명함을 주고받는다고 해서 생겨나는 것이 아니다. 또한 관계란 조바심으로 안절부절못하며 만드는 것이 아니라 상대가 나에게 다가섬으로써 성립되는 것이다.

'그 사람과 만나서 이야기를 나누다 보면 참 즐거워' 등과 같은 마음의 끌림이 관계를 세우고, 나아가 인맥을 형성케 한다. 아름다운 매력과 향기로움을 간직한 사람에게는 언제나 사람들이 모여들게 마련이고, 이를 통해 사회를 변화시켜 나가는 따뜻한 추동력을 얻을 수 있다.

2003년 6월 30일 강금실 장관은 한 통의 아름다운 연서(戀書)를 e-메일을 통해 전국 검사들에게 보냈다.

역대 어느 법무장관이 이 같은 따뜻한 편지를 검사들에게 보낸 적이 있을까. 권력의 시녀라는 오명 속에서도 묵묵히 자신의 맡은 바 소임을 충실히 수행해 온 많은 검사들은 일방적인 지시나 딱딱한 업무협조 공문이 아닌 강금실의 편지를 받아들고 정녕 어떤 생각을 했을까.

그 동안 검찰에 대한 자신의 편견이 그릇된 것이었음을 고백하고, 공익을 위해 묵묵히 일해 온 순결한 전사인 검사에 대한 고마움과 애틋한 정이 담겨 있는 편지를 읽노라면, 이는 마치 강금실이 이 땅의 보이지 않는 수많은 '눈사람' 들에게 보내는 한 편의 고해성사처럼 느껴진다.

개혁이란 이처럼 아주 작은, 아주 소박한 시선을 통해서 시작되는 것은 아닐까 한다. 과장된 몸짓이나 현란한 언변으로 사람들에게 다가가려고 애쓰는 것이 아니라, 자기 내면의 향기를 밖으로 피워 올려 사람들이 자신에게 다가오게끔 만드는 강금실의 대인관계의 본령은 바로 '진심'이다. 누군가가 내게 진심으로 대하고 있다는 느낌이 들면, 대체로 그 사람에게 이끌릴 수밖에 없다. 강금실이 대중에게 그토록 사랑을 받는 것도, 그가 사람을 대하는 마음이 진심이기 때문이다.

'법무부 장관 강금실'이 아니라 '법무부에 있는 강금실'로 시작되는 이 한 통의 겸손한 편지가 눈부신 검찰 개혁의 막을 열어가는 첫걸음은 아니었을까.

강금실은 판사로 재직하던 시절, 시국사범 재판에 관련해 뚜렷한 소신을 보임으로써 가정법원으로 쫓겨나다시피 한 적이 있다. 만일 노 대통령과 강금실에 맞서 자신들의 소신을 굽힘 없이 밝혔던 평검사들에게 괘씸죄를 적용해 보복적인 인사조치를 단행했다면, 검찰개혁이 가능했을까.

평검사들과의 대화 자리에서는 격한 말들이 오가고 순간 순간 감정의 대립각을 곤두세웠지만, 그 뒤끝은 깨끗했다. 바로 이 같은 점이 검사들의 마음을 움직이는 데 기여했는지도 모른다. 보복은커녕 자신의 검찰에 대한 선입견을 사과하고 불철주야 보이지 않는 그림자처럼 사회를 위해 애쓰는 평검사들을 사랑한다고 고백한 강금실 장관.

　한국 현대사를 통틀어 개혁의 기치를 내걸지 않은 정권은 없었다. 하지만 정작 개혁의 수레바퀴를 굴려가는 것은 권력의 단호한 질서의 힘이 아니라 진실과 사랑의 힘이라는 사실을, 이 작고 소박한 편지 한 통에서 다시금 마음 깊이 새겨넣을 수 있다.

아름다운 구속은 없다

강금실 장관은 2003년 서울 지검 출입기자들과 만난 자리에서, 12월 인권주간에 교도소에서 1박 2일 간 수감 생활을 체험하면서 수감자들의 애로사항에 직접 귀기울이는 기회를 가질 예정이라고 밝힌 바 있다. 아울러 재소자들의 정서 순화를 위해 교도소 내에서 클래식 음악을 감상할 수 있는 방안도 검토하고 있다고 덧붙였다.

이에 따라 법무부는 또 인권주간에 '검사와 피의자의 역할 바꾸기', '열린음악회' 등 다양한 이벤트를 개최하는 방안을 고려 중이라고 발표했다. 물론 강금실 장관의 수감 체험 계획은 해를 넘겼지만, 당시로서는 진정 신선한 충격이 아닐 수 없었다.

필자는 가끔씩 사법연수원 교육과정에 '구속 체험' 실습을 포함하면 어떨까 상상을 하곤 한다. 그런데 눈을 돌려보면 이 같은 생각은 비단 필자만의 상상에 그치는 것이 아닌 듯하다.

각종 인터넷 게시판을 둘러보면 강금실을 지지하는 사람들의 "판검사 임용자격에 한 2년 정도 억울한 옥살이 체험을 포함시켜달라"는 뼈 있는 우스갯소리도 올라오고 있다.

이처럼 검찰의 구속수사에 대해서는 많은 사람들이 불만을 갖고 있다. 인권이 존중되는 사회에서는 구속수사가 남발될 수 없다. 지난 시절 구치소에 관한 다음과 같은 농담이 유행하기도 했다.

한 외국 대통령이 우리나라 대통령을 만난 자리에서 물었다. "대한민국은 구치소가 몇 개나 됩니까?" 그런데 우리나라 대통령은 실수로 0자 하나를 뺀 채 답변했다. "4개입니다." 그러자 외국 대통령은 깜짝 놀라며 되물었다. "세상에, 그렇게나 구치소가 많습니까?"

이는 그만큼 구속수사가 만연되어 있는 풍조를 꼬집어 말한 것일 테다.

강금실은 2003년 5월 7일, 국가경영전략연구원 초청강연을 통해 "법원이 검찰을 통제함으로써 수사상 잘못을 바로잡아 줄 수 있어야 한다. 영장 발부의 주체는 분명 법원인데도 언론이 영장청구를 중심으로 보도하면서 (영장에 대한) 권한이 검찰에 있는 것처럼 잘못 여겨지고 있다. 그 동안 법원이 검찰권을 제대로 견제하지 못한 측면이 많다. 검찰의 적절한 수사권 행사를 위해 법원이 제 기능을 해줘야 한다"라는 소신을 밝힌 바 있다.

강금실의 '구속 체험' 계획에 대해 일부에서는 정치적 이벤트에 불과하다며 애써 폄하하고자 했지만, 이 같은 보도를 접한 국민들은 활짝 웃으며 '역시 강금실이군' 하며 마음 깊은 지지를 보냈을 것이다. 강금실의 이 같은 계획이 실현된다면, 이 또한 사법개혁을 이룰 수 있는 중요한 밑바탕이 될 수 있을 것이라 내심 흐뭇해하면서 말이다.

언젠가 예술 분야에 종사하는 사람들과 구치소에 대해 얘기를 나눈 적이 있다.

"구치소 한번 가봤으면 좋겠다. 재밌을 텐데."

"어떤 영화감독이 그러더군요, 구치소에 갔다 오면 평생 영화 만들 소재 구해온다고."

"기간은 어느 정도가 적당할까?"

"한 달은 짧고 일 년은 길다고 하더군요."

"정말 한번 가봤으면 좋겠다."

그러다가 정말 운 좋게(?) 몇 년 전 필자에게도 두 달 남짓 구치소에서 생활할 수 있는 기회가 생겼다. 구치소에 가면 뭔가 정신과에서 보는 사람들과는 사뭇 다른 유형의 사람들을 만날 수 있을 것이라는 기대를 가졌는데, 정작 생활해 보니 그렇지도 않았다. 어디나 사람 사는 사회는 늘 사람의 냄새가 물씬하게 마련이다.

필자는 그 곳에서 겪은 구치소 생활, 재판 과정 등이 너무 흥미로운 나머지 급기야 '김정일의 구치소 기행' 이라는 책을 쓰려고까지 했다. 그러자 구치소 사람들은 밖에 나가면 꼭 좀 써 달라고 부탁을 하는 것이었다.

어두운 인권유린의 법체계와 그 적용, 억울한 사정 등을 사회에서 영향력을 가진 사람들이 밝혀주어야 한다는 호소였다. 그러나 막상 밖에 나와 보니, 필자를 구속시켰던 사람들이 필자의 친구를 통해 글을 쓰지 말 것을 부탁했다고 한다. 그러니까 필자는 글을 쓰지 않는다는 조건으로 풀려난 것이다.

누군가가 재미있는 말을 한다. 구치소에 있을 때는 화가 머리끝까지 치밀어올라 고발성 글을 쓰겠다고 다짐하지만, 막상 밖에 나오면 대부분 그 같은 계획을 포기하고, 또 글을 쓴 사람이 있다 해도 모두 픽션의 형식을 빌려 쓸 뿐이라는 것이다. 왜 그럴까. 바로 '보복'이 두렵기 때문이다.

어쨌든 구속이 너무 많은 것은 문제가 있다. 필자가 다시 책을 쓸 기회를 얻는다면, 구속의 심리에 대해 다루어볼 계획이다. 돈 때문인지 수사 편의 때문인지, 구속을 시키지 않으면 벌을 받지 않는 것이라고 생각하는 대중 심리 때문인지는 몰라도, 우리나라에는 구속이 너무 많다. 아울러 일단 구속된 이후에는 억울한 사정이 밝혀져도 정당한 보상을 받지 못하는 경우가 많다. 그렇다면 구속이 범죄를 줄이는 데 도움을 줄 수 있을까?

필자가 생각할 때는 결코 아니다. 오히려 더 큰 범죄를 불러올 가능성이 많고, 범죄중독자를 양산해 낼 확률이 높다.

구속 정신병

예를 들어 어떤 사람이 범죄를 저질렀는데, 이의 재발을 방지하기 위해 가두었다고 가정해 보자. 가둔다는 것은 그의 범죄를 강제로 억압하는 행위다. 범죄란 현실을 넘어서는 정도의 무의식 에너지가 표출된 것이기 때문에 초기에 가두는 것은 현실의 범주 이상으로 튀어나온 잉여 에너지를 가라앉힘으로써 현실적으로 만들어주는 효과가 있다.

따라서 구치소에 들어가면, 처음에는 대체로 온순하고 반성적인 사람이 된다. 그러나 그 구속 기간이 길어져 잉여 에너지를 가라앉히는 것 이상으로 억압하게 되면, 마음 속에서 반발이 나타난다.

우리 무의식은 스프링과 같은 구조를 갖고 있어 안으로 들어갈수록 더 큰 에너지가 응축되어 있다. 따라서 억압을 하면 할수록 더 크게 반발한다. 성을 억압하면 성욕은 점점 더 커지고, 분노를 억압하면 점점 더 분노가 커진다. 억압된 것이 무의식의 잠재 에너지를 일깨워 더 크게 튀어나오기 때문이다.

어떤 폭력배는 출소하자마자 구치소 밖에서 두부 파는 아주머니를 폭행하고는 달아난다. 어떤 절도범은 출소한 그 날로 신용카드를 훔쳐 술잔치를 벌인다. 그 절도범은 자신이 훔친 카드가 어느 시점에 분실신고가 될지 정확하게 예측까지 할 수 있다고 한다.

타고난 기운도 있겠지만, 극심한 억압에 반발해 너무 깊은 무의식 속에 응축된 에너지가 터져나오면서 이 같은 예측력까지 얻게 되는 것이다. 구치소에 있을 때는 그토록 부드럽고 가정적인 사람일 수 없는데, 출소하자마자 바람을 피우고, 연락이 두절되는 등 전혀 예기치 않은 행동을 보인다. 이는 곧 무의식의 반발 때문이다.

　무의식의 단순한 반발은 대부분 잠시 동안의 일탈을 통해 가라앉는다. 억압된 것이 튀어나오면서 다시 균형을 잡았기 때문이다. 그러나 구속기간이 길어지거나 자아가 약해 구속을 견디지 못하는 현실이 길어지면 문제는 사뭇 복잡해진다. 이른바 '구속 정신병' 이 생기는 것이다.

　예를 들어 어떤 사람이 밭에서 오이를 훔친 죄로 법원에서 징역 6월의 실형을 선고받았다고 가정해 보자. 그 후 그는 무려 35년 동안을 오이를 훔치면서 법원을 들락거렸다. 마침내 판사는 그에게 정신적 문제가 있다는 판결을 내렸다. 이 사람의 정신에는 어떤 문제가 있을까? 그건 바로 구속이 그 사람의 무의식 깊은 곳의 큰 자율적인 에너지를 일깨워 계속 범죄로 강제케 하는 구속 정신병을 만들어냈기 때문이다. 이는 어떻게 가능한 걸까?

　어쩌다 사소한 죄를 지었는데 구속을 당했다고 해보자. 구속이란 좁은 시간과 공간에 대한 적응을 요구한다. 그러나 사방이 갇힌 데서 적응하자면 자아 이상의 힘이 필요하다. 인간은 자유를 지향하는데, 그걸 억지로 사방에서 짓누르니 새롭게 견딜 초인적인 힘이 필요하다. 그 새로운 힘은 무의식의 에너지를 일깨움으로써 가능하다.

구속기간에 따라 깨어나는 무의식의 힘의 세기는 각각 다르다. 만일 구속을 정말 견디기 어려운 정도에 이르면(또는 자아의 힘이 약해서 짧은 기간의 구속도 못 견딜 정도가 되면), 무의식 깊은 곳의 자율적인 에너지가 깨어나게 되고, 그 에너지는 엄청난 힘을 갖고 튀어나온다.

무의식 안에는 의식의 중심인 자아 같은 것, 자아 이상의 응축된 수없이 많은 에너지체들이 존재한다. 그들 중에는 자아를 압도하는 강한 에너지체도 있다. 튀어나온 에너지는 구속에 적응하기 위한 에너지다. 그 에너지는 마치 자아와도 같이 살아서 존재한다.

영화 〈뷰티풀 마인드〉에서 주인공을 평생 따라다니는 환각들은 나름대로 생명을 갖고 있으며, 호시탐탐 그 사람의 인생에 비집고 들어가고자 기회를 엿본다. 존재 에너지는 이제 자아 하나뿐이 아닌 환각의 자아에도 에너지를 공급한다. 존재 에너지는 더 큰 자유, 에너지 방출이 목적이기에 새롭게 태어난 자아, 환각상도 무의식에서 계속 에너지를 공급받는다. 그러나 새로 탄생한 자아는 이전의 자아보다 현실로 방출되는 방식이 부족하기에 호시탐탐 앞선 자아를 삼키려고 한다.

새로 태어난 자아가 구속되기 전의 자아보다 더 강하다면, 그를 지배하는 것은 이제 자아가 아니라 새로 탄생한 자아다.

그 자아는 구속에 적응하기 위한 에너지이기 때문에 구속을 지향한다. 구속돼 있어야 비로소 자신의 힘을 발휘하기 때문이다. 따라서 그는 출소 후 자신도 모르게 똑같은 범죄를 저지른다. 현실보다는 구속을 택하는 것이다.

구속을 못 견뎌 그 구속에 적응하려는 강한 무의식의 자율적인 힘이 깨어나 평소 자아보다 더 강한 힘을 발휘하기 때문에, 그 힘에 지배되어 계속 구속으로 지향하는 것이다. 자신을 구속시킨 똑같은 범죄를 계속 저지르면서 말이다. 전과 17범의 어떤 절도범은 출소한 후 이틀 만에 다시 똑같은 죄를 지어 구속됐다.

조세형씨는 16년 간의 수감생활을 마치고 출감한 후 신앙을 통해 성공적으로 사회에 적응했다가 일본에서 절도혐의로 체포되었다. 한 번 구속된 자가 계속 범죄를 저지르는 것은 전과자이기 때문에 사회가 받아주지 않아서가 아니라, 사회가 받아들이지 않는 것 이상으로 위와 같은 심리들이 작용하고 있기 때문이다. 어떤 검사 출신 변호사는 구속이 죄를 줄이는 데 도움을 못 준다고 단호하게 잘라 말한다.

필자 역시 구속 후 한 달 정도 지나면서 하루 이틀 아주 고통스러운 적이 있었다. 얼마 후면 바깥세상으로 나갈 것이라는 생각으로 있었는데, 갑자기 누군가가 6개월 정도는 구치소에 있어야 할 것이라고 귀띔을 해온 것이 아닌가.

설마 하며 그럭저럭 견디고 있었는데, 그 같은 갑작스러운 소식을 필자의 무의식이 충격으로 받아들였던 듯하다. 그리고 저녁식사 후 철컥 철문을 잠그는 소리에 불현듯 커다란 답답함이 엄습해 왔다.

간수를 불러 잠시라도 꺼내달라고 하고 싶었다. 필자의 몸 안에서는 큰 에너지(자유의 에너지)가 올라왔고, 그것은 자아를 압도할 정도였다. 필자가 몹시 힘들어하자 같이 있던 사람이 이렇게 충고한다.

"선생님, 만일 이 정도를 못 견딘다면, 이 구치소에서 가장 못난 사람이 되는 겁니다."

그러면서 우황청심환 등을 구해줬다. 나는 교도관에게 구치소 내 청소 등 잡일 같은 것을 할 수 없느냐고 물었다. 교도관은 그건 이미 형이 확정된 사람만이 할 수 있다고 했다.

그 후 나는 구치소 내에서 왜 사람들이 운동시간만 되면 그토록 이를 악물고 열심히 뛰는지 이해가 됐다. 갇혀진 자유를 보다 많이 풀어내기 위해 기회가 있을 때마다 열심히 뛰는 것이다. 또 어떤 사람은 운동시간에 가급적 먼 하늘을 쳐다보라고 권유하기도 한다. 그 또한 갇혀진 자유의 균형을 잡기 위한 방법이리라.

집행유예를 받고 풀려나면서 필자는 묘한 기분이 들었다. 일시적으로나마 차라리 구치소에서 영원히 살았으면 하는 마음마저 들었다. 구치소가 마치 집안같이 친근감마저 들었다.

필자는 아마도 그 때 구속 정신병을 시작한 것 같다. 그 구속 정신병은 사회에 나와서 한동안 자유로운 생활을 한 후 차츰 사라지기 시작했다. 그런데 그 안에서 6개월, 1년씩 갇혀 있는 사람들의 정신 건강은 어떻겠는가.

강금실 장관이 만일 구속생활을 실감나게 경험했다면, 교도소 내에서 클래식 음악을 틀어주는 것도 좋지만, 그보다는 불구속 수사, 보석제도의 대폭 확대 등에 더욱 많은 노력을 기울였을지도 모른다. 구치소측에서는 재소자들의 운동시간을 가능한 한 늘려주고(특히 공휴일에), 단순히 가두어두기보다는 피부에 와닿는 교화 프로그램을 개발하는 등 법제도를 개선해 나가는 것이 범죄를 줄이는 데 훨씬 도움을 준다는 사실을 절감하게 될 것이다.

2003년 12월 19일 법무부는 교정시설 수용자들의 집필 활동에 대해 사전 허가를 받도록 한 현행 행형법 관련규정을 삭제하겠다고 밝혔다. 지금껏 교도소나 구치소 등 교정시설 수용자들은 행형법 33조에 규정된 '집필 사전 허가제도'에 따라, 편지를 쓰거나 소송 서류를 작성하는 이외의 집필활동에 대해 교도소장이나 구치소장 등의 사전 허가를 받아야 했다.

법무부는 행형법 개정이 이루어질 때까지는 집필을 원하는 재소자들이 사전 신고를 할 경우 모두 허가할 방침이다. 수용시설 재소자들에 대해 검은색 볼펜만 사용할 수 있도록 해온 법무부 예규도 개정함으로써 수성펜, 샤프 펜슬, 형광펜 등 다양한 필기구를 사용할 수 있게 했다고 덧붙였다.

법무부는 "재소자들의 집필권 강화는 옥중 문예창작 활동뿐 아니라 권리 구제에도 도움이 될 것이라며 재소자 스스로 필요한 고소, 고발장이나 진정서를 직접 작성할 수 있게 됐다"고 설명했다.

이처럼 현재 강금실 장관을 비롯한 법무부·검찰 등이 주도하는 사법개혁이 본격적인 기지개를 켜기 시작했다. 거시적으로는 시스템을 개혁하고, 미시적으로는 인권의 사각지대를 밝은 빛으로 채우는 긍정적인 작업들이 그 탄력을 얻고 있다.

그러나 강금실 장관이 취임사에서 밝힌 것처럼 해야 할 일이 너무나 많고 가야 할 길이 멀다. 그에게 아낌없는 지지와 격려를 보내는 바다.

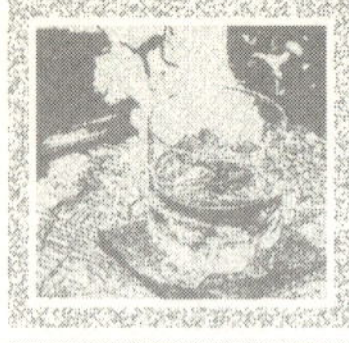

부드러운 칼의 노래

참여정부가 들어서면서 노무현 대통령은 "내 임기 동안 검찰에 불려가도 다리가 후들거리지 않는 세상을 만들겠다"라고 천명한 바 있다.

지금껏 대한민국 검찰의 위상은 한 마디로 '권력과의 유착'이었다고 할 수 있다. 아울러 수사 편의를 위해 구속영장을 남발했으며 심증과 정황만으로도 사람을 구속시켰다.

그 과정에서 많은 억울한 사람들이 나왔다. 하지만 검찰은 자기 실적 때문에 그 억울함을 외면했고, 돈과 권력의 검은 유착을 빗대어 '유전무죄(有錢無罪), 무전유죄(無錢有罪)'라는 냉소적인 분위기가 팽배했었다.

물론 검찰도 그 나름대로 고충이 있었다. 사법부가 중앙권력으로부터 독립하기란 쉽지 않은 일이었다. 윗사람의 명령을 거역할 수 없는 전통적인 상명하복 구조에 의해 돈 많고 권력 있는 자들에게 어쩔 수 없이 끌려다니곤 했다.

참여정부의 수장인 노무현 대통령은 그 자신이 법조인 출신이기에, 이 같은 검찰의 실추된 위상과 고충에 대해 누구보다 잘 알고 있었다. 따라서 참여정부의 슬로건은 '국민을 위한, 국민에 의한, 국민의 검찰'이었다. 앞으로는 검사들이 권력을 위해 일하지 않아도 되고, 권력기관은 국민을 위한 기관으로 거듭나야 함을 천명했다. 그리고 그 전면에 강금실 법무부 장관이 파격적인 인사를 통해 자리했다.

강금실은 참여정부 1년 간 많은 개혁을 이루어냈다.

먼저 검찰인사위원회의 운영을 개선했다. 자문기구에 지나지 않았던 유명무실한 위원회를 심의기구로 격상시켜 실질적인 권한을 부여했다. 또한 검사장급 이상으로만 국한했던 위원 자격을 평검사에게도 부여하고, 2인 이상의 외부 인사를 참여시켜 검찰 이상의 공정성과 객관성을 갖출 수 있는 제도 개선을 이끌었다.

다음으로 철저한 상명하복의 구조 때문에 검사의 독립성을 침해한다는 논란이 끊이지 않았던 검사동일체 원칙을 폐지했다. "검사는 검찰 사무에 관해 상사의 명령에 복종한다"라는 규정을 "상급자의 지휘·감독을 받는다"라는 내용으로 대폭 개정했다. 아울러 위법하거나 부당한 지시라고 여겨지는 사안에 대해서는 이의를 제기할 수 있는 이의제기권을 신설했다.

그 동안 양심의 자유를 침해한다는 비판을 끊임없이 받아온 준법서약서 또한 폐지했다. 아울러 인권보장기관으로서의 위상 확립을 위해 구속 전 피의자 심문제도를 개선하고, 국선변호 대상을 확대시켰다. 그리고 변호인의 피의자 심문 참여제도를 도입했다.

검사적격심사제를 도입해 검사 임관 후 일정 주기마다 직무수행능력을 심사토록 했다. 이는 수사권의 남용을 방지할 수 있는 개선방안이라고 할 수 있다.

또한 감찰제도를 강화할 방침이다. 법무부 감사관실을 장관 직속 감찰실로 격상시키고 장관 자문기구로 감사위원회를 설치하기로 했다. 이로써 대검 감찰부가 1차 감찰기구라면 법무부 감찰실은 2차 감찰기구가 되는 셈이다.

검사 직급 폐지와 단일호봉제 도입도 주목할 만한 개혁안이다. 검찰의 수직적 구조를 개선하고 검사의 신분보장을 강화한다는 취지로 현재 검찰총장—고검장—검사장—검사 4단계로 구성된 검사의 직급체계를 2단계로 축소함으로써 고검장과 검사장 직급을 없앴다. 이에 따라 검찰총장을 제외한 모든 검사의 보수체계를 단일호봉제로 변경했다.

이와 같은 성취로 미루어볼 때 지난 1년 간의 사법개혁은 충분한 결실을 맺었다고 할 수 있다. 강금실 장관은 자신에게 주어진 소임 가운데 가장 중요한 목표로서 주저없이 검찰 개혁을 꼽았다. 검찰 개혁이 선행되어야 사법 개혁이 원활하게 이루어진다는 소신이다.

물론 아직 가야 할 길은 멀지만, '시작이 반'이라고 하지 않았던가. 갈 길은 멀어도 즐거운 발걸음이 아닐 수 없다.

그리고 가시적인 성과 또한 나타나고 있다. 2004년 2월 1일부터는 서울지법 산하에 있던 동·남·북·서부 및 의정부 지원이 독립된 지법으로 승격된다. 이로써 가벼운 항소심 사건(민사의 경우 소송가액 1억 원 미만, 형사는 법정 최저형 징역 1년 미만)은 자체 처리할 수 있는 권한을 부여받는다.

서울지검 산하 5개 지청도 독립된 지검으로 그 자리가 격상된다. 따라서 서울지법은 서울중앙지법으로, 서울지검은 서울중앙지검으로 각각 명칭이 바뀐다. 승격되는 서울의 법원들은 관할지역의 인구가 광주 및 대전지법과 비슷하거나 더 큰 규모다. 이들 법원은 연간 1만 건 이상의 항소사건을 독자적으로 처리할 것으로 예상된다.

반면에 기존 서울지법의 항소심 업무는 절반가량 줄어든다. 서초동에 집중된 구조를 완화시켜 강북과 수도권 주민이 가까운 곳에서 재판이나 수사를 받을 수 있게 법원, 검찰조직을 대수술한 것이다. 한편 검찰은 경미한 사건의 조속한 처리를 위해 2004년 안에 검찰서기관(4급)이 검사를 대신해 수사하는 제도를 지청 단위에서 지검으로 확대하기로 했다.

지금껏 최대 수 개월씩 걸리던 가벼운 폭력이나 도로교통법 위반 등과 같은 단순사건들은 그 처리가 매우 신속해진다.

강금실 장관은 춤 다음으로 노래를 좋아한다고 밝힌 바 있다. 바야흐로 강 장관이 부르는 부드러운 칼의 노래가 시작되었다. 개혁이 무서운 힘을 발휘하는 것은 바로 들불처럼 번져나가는 강력한 '전염성'에 있다. 하나의 개혁 바이러스가 '낡고 부패한 사회구조'라는 거대한 숙주를 무서운 속도로 무너뜨린다.

이는 마치 물방울들의 연대와도 같다. 하나의 물방울이 또 하나의 물방울과 합쳐져 다시 새로운 하나의 좀더 큰 물방울이 되고, 이 물방울이 다시 또 다른 물방울에 닿아 좀더 큰 물방울이 되고…. 이것이 곧 하나의 흐름을 이루고, 이 하나의 흐름이 다시 또 다른 흐름을 만나 좀더 큰 흐름을 이루고…. 이 하나 하

나의 '이룸'이 마침내 거대한 강이 되어 드넓은 바다로 나아가
게 된다.

우리는 이 부드러운 칼의 노래가 언제 시작되었는지 알지 못
한다.

하지만 강금실 장관 또한 하나의 가녀린 물방울이었고, 하나
의 작은 흐름이었으며, 하나의 소박한 이룸에서 늘 출발했다는
사실은 어렵지 않게 깨달을 수 있다. 이러한 사실을 바탕으로
그 근원을 찾아 거슬러 올라가 보면 우리는 '진실'과 '사랑'을
발견할 수 있을 것이다.

그렇다, 발견할 수 '있었다'가 아니라 발견할 수 '있을 것'이
다. 희망이란 이처럼 언제나 미래형 보조어간을 발걸음에 달고
찾아온다.

따라서 우리는 이 부드러운 칼의 노래가 언제 시작되었는지
알지 못하듯, 이 노래가 언제 끝날지도 모르는 채, 지금 이 순간
강금실 장관의 맑고 투명한 물방울과도 같은 행보에 몸과 마음
을 기울이고 있다.

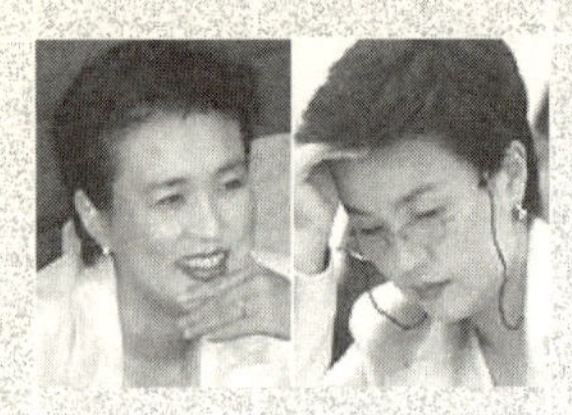

5

새로운 문화의 키워드
'강금실'

이제 '강금실'이라는 이정표가 차기 한국 사회의 '희망'으로 떠오르고 있음은
누구도 부인하기 어려워졌다. 그는 정치지도자로서 권력을 가지고 있다.
강요된 힘과 통제에 바탕한 권력이 아닌 진실과 사랑에 입각한 권력을
갖고 있는 것이다. 그리고 무엇보다 그 권력의 기저에는
국민의 기대와 바람, 그리고 존중과 사랑이 깃들여 있다.
권력이 '희망'의 전위에 서 있는 사회란, 얼마나 진정 '희망적'인가.

우리 사회를 위한
희망의 좌표 찾기

어느 시대를 막론하고 인류는 이정표를 가지고 있다. 밤하늘
에 떠 있는 별자리, 또는 밤바다에 누군가 밝혀놓은 작은 등대
불빛에 의존하던 시대에 살았던 인간에게는 그 나아갈 길이 단
순하면서도 분명했다.

하지만 디지털 문명에 접어든 오늘날 사회에서 인간은 아주
다양하고 복잡한 이정표를 가질 수밖에 없게 되었다. 따라서
이 길을 계속 가는 것이 옳은지, 아니면 우회해야 할지, 아니면
원점으로 다시 돌아와 처음부터 다시 시작해야 할지 가늠하기
가 힘들어졌다. 그저 별자리나 등대 불빛을 따라가면 충분했던
인간의 희망 찾기는 더 이상 오늘날 사회에서 불가능해지고 만

것이다. 자고 일어나면 새로운 이정표들이 눈앞에 쑥쑥 나타나는 변화와 속도를 추구하는 사회에서 어디로 갈 수도 없고, 어디로 가지 않을 수도 없는 인간은 형형색색 현란한 수많은 이정표들 속에서 어질어질한 나머지 차라리 눈을 감고 길을 잃고 만다.

많은 인간들의 시선을 한몸에 받고 있는 이정표는 이정표대로 늘 그 같은 사람들보다 한 발 앞서 있어야 한다는 숙명을 가지고 있다. 어디로 갈 수도 없고, 어디로 가지 않을 수도 없는 인간들에게 방향을 제시해 주는 것이 이정표에게 주어진 역할이기 때문이다.

2003년 한국 사회에는 '강금실'이라는 이정표가 나타났다. 사람들은 처음에는 자신의 눈을 비비며 반신반의했다. 그 동안 자신들을 속여온 무수한 사이비 이정표 중 하나는 아닌지, 혹시 또 그 이정표를 따라가다가 길을 잃고 마는 것은 아닌지, 걱정과 탄식 속에서 등장한 그는 시종일관 '따라올 테면 따라와 봐'라는 식으로 사람들의 시선을 붙잡아맸다. 하지만 그것은 오만함과는 거리가 먼 '솔직함'이었다.

"당신이 정말 우리가 찾던 바로 그 이정표가 맞습니까?"
"글쎄요, 당신은 21세기 첨단문명에 나타난 이정표치고는 어째 좀 허술해 보이네요."

"코미디라니! 보아하니 나이도 얼마 되지 않은 것 같은데, 내가 누군지 알아!"

그 동안 이른바 한국 사회의 희망이라 자처하며 어깨를 으스대고 거들먹거리던 이정표들은 일제히 혀를 차기 시작했다.

그런데 이상한 것은 이 '강금실'이라는 이정표는 별로 그 같은 시비에 관심이 없는 듯 보였다.

그는 늘 이렇게 답변하곤 했다.

"글쎄요, 저는 그저 밤하늘에 떠 있는 별자리를 좋아하고, 누군가 밝혀놓은 등대 불빛을 사랑할 뿐입니다. 그들은 늘 한결같고 맑고 순수하거든요."

"허술해서 죄송합니다."

"모르겠습니다."

그는 자신에게 향하는 어떤 비난이나 공격에도 아랑곳하지 않고, 밤하늘에 떠 있는 별자리처럼, 누군가 밝혀놓은 등대 불빛처럼 사회의 어두운 구석구석을 부드럽게 밝혀주며 늘 항상 그 곳에 있는 듯 보였다.

사람들은 이 같은 그의 행보를 지켜보며 가슴 속에 파란불이 켜지는 것을 느꼈다. 저 사람에게는 '건너가도' 좋겠구나. 사람들은 조금씩 그에게로 건너갔고, 그 때마다 그는 꼭 한 걸음씩 사람들 앞에 서 있었다.

'드디어 진정한 이정표를 발견한 것이다.'

오랫동안 길을 묻기를 포기하고 귀를 막은 채 고개를 돌려 외면했던 사람들이 점점 마음의 눈을 뜨고, 귀를 기울이며 길을 찾아나가기 시작했다.

정말 인상적인 분이셨습니다.

선배와 후배 들이 잠을 자다가 갑자기 공안경찰에게 잡혀가고 턱없이 간첩 조직 비슷한 누명을 썼는데, 그 때 변론을 맡아주신 분이 강금실 변호사였죠.

학생들이 무슨 돈이 있겠냐고 하시면서 수임료도 절반 넘게 깎아주셨습니다.

작은 정성으로나마 성금을 모았지만 그 돈도 전부 내지 않은 것으로 기억합니다.

그 분은 정말 차분한 성격을 가지고 계셨습니다. 다른 사람의 이야기를 잘 들어주시고, 잘 이해해 주셨습니다.

직계가족도 아니고, 학교 총학생회 관계자도 아니고, 단지

학과 선·후배의 입장에서 그 분을 만났었지만 말입니다.

그 분은 성심성의껏 우리의 이야기를 들어주었습니다. 그리고 안심시키기까지 하였고, 옥바라지에 대한 조언도 해준 것으로 기억합니다.

결국 그 선배와 후배는 재판에서 집행유예를 선고받았고, 좀 지나서는 그 전과기록마저 삭제되어 현재는 완전한 자유인으로서 살아가고 있습니다. 이번에 법무장관이 되었을 때 그 분을 미리 보았던 전 환영할 수밖에 없었습니다. 분명 검찰이라는 거대한 조직도 그 분의 합리성, 소신이라면 충분히 개혁 가능하리라 믿었기 때문입니다.

도움을 받은 만큼 이제는 우리가 그 분을 도와야겠죠.

정말 줄 수 있는 힘은 미약하지만, 그 거대하고 거만한 검찰을 개혁하기 위해선 국민 하나하나의 힘이 소중할 것입니다.

조금씩 앞으로 나아가면서 사람들은 '강금실'이라는 희망의 이정표가 2003년 한국 사회에 혜성처럼 갑자기 나타난 눈부신 좌표가 아님을 깨닫기 시작했다. 뒤를 돌아볼 적마다 그 왼쪽 가슴에 지워지지 않는 붉은 수인번호가 새겨져 있는 한국 현대사, 그 짙은 그늘 밑에서 친구들은 모두 군대로 감옥으로 뿔뿔이 흩어지고. 오직 일방통행만을 강요당했던 밤하늘보다 어두웠던 시절에도 은은하게 빛나는 별자리가 있었고, 누군가 밝혀 놓은 등대 불빛이 있어 서로 바라보고 교감하며 '소통'의 길로 나아갈 수 있는 가능성을 열어두었음을 깨달았다.

사람들은 열광하기 시작했다. 강철이 어떻게 단련되는지를 자신의 삶을 통해 온전하게 보여준 '강금실'이라는 이정표에게 아낌없는 지지와 갈채를 보냈다. 열광과 지지와 갈채는 상호 교감이 있어야 가능하다. 서로가 서로를 바라보는 시선이 있어 야 그 가치가 새록새록 빛날 수 있다.

이제 '강금실'이라는 이정표가 차기 한국 사회의 '희망'으로 떠오르고 있음은 누구도 부인하기 어려워졌다. 그는 정치지도 자로서 권력을 가지고 있다. 강요된 힘과 통제에 바탕한 권력 이 아닌 진실과 사랑에 입각한 권력을 갖추고 있는 것이다. 그 리고 무엇보다 그 권력의 기저에는 국민의 기대와 바람, 그리 고 존중과 사랑이 깃들여 있다.

권력이 '희망'의 전위에 서 있는 사회란, 얼마나 진정 '희망 적'인가.

사랑의 권력

〈반지의 제왕〉 제3편 마지막 부분에는 다음과 같은 장면이 나온다.

우여곡절 끝에 샘과 프로도는 악마의 반지를 태울 수 있는 화산에 다다른다. 절벽 끝에서 프로도는 반지를 들고 아래를 내려다본다. 발밑으로는 시뻘건 용암이 흐르고 있다. 이제 반지를 던지기만 하면 자신의 삶의 무거운 짐을 벗게 된다. 마지막으로 프로도는 반지를 본다. 반지를 보는 그의 얼굴이 점점 검게 변한다.

하인이자 친구인 샘이 소리지른다.

"뭐하고 있어? 빨리 반지를 던져."

얼굴에 기묘한 빛이 서린 프로도가 말한다.

"던지지 않겠어, 내가 갖겠어."

그러면서 반지를 낀 채 프로도는 사라진다. 투명해진 것이다. 이 때 그들을 따라왔던 골룸이 프로도에게 달려든다. 골룸은 그 반지가 자신의 것이라고 소리지르며 투명한 프로도의 반지 낀 손가락을 물어뜯는다. 골룸은 프로도의 손가락을 끊어내고 반지를 빼앗아 의기양양하지만 곧 프로도와 뒤엉켜 절벽 아래로 추락한다.

골룸은 용암 속에서도 반지를 보고 기뻐하나 곧 타죽어버리고 반지 또한 가라앉는다. 프로도는 용암으로 떨어지지 않고 절벽에 매달려 있다가 샘의 도움으로 목숨을 구한다.

그 후 그들은 인간과 요정 들로부터 사랑과 축복을 받는다. 하지만 프로도는 인간 세상에 만족하지 못하고 더 큰 모험을 위해 요정들과 함께 또다시 길을 떠난다.

반지를 둘러싼 이 마지막 장면은 권력과 관련해 많은 생각을 하게 만든다. 우선 절대권력인 반지로부터 벗어날 수 있는 인간은 없다. 누구나 최고 권력을 보면 이성을 잃고 사로잡힌다. 이는 심지어 요정들도 마찬가지였다. 맑은 영혼의 소유자인 프로도마저 마지막에는 유혹에 사로잡혀 손가락을 끊어주고서야 비로소 벗어나지 않았던가. 사로잡힌 유혹에서 벗어날 수 있는 유일한 길은 그 반지를, 즉 절대권력을 보지 않는 데 있었다.

인간은 왜 권력을 보면 이성을 잃는 걸까. 그건 아마도 생명이란 궁극적으로 권력, 곧 공격성을 지향하기 때문일 것이다. 생명체는 지구상에서 살아남기 위해, 또 가능한 한 오래 살면서 번성하기 위해 치열한 경쟁을 벌이며 서로 좋은 에너지를 차지하려고 한다.

이 같은 공격성은 집단을 이루면 더 큰 힘을 발휘할 수 있음을 깨달았다. 그리고 이 집단을 이루고, 그것을 이끌어나가는 것이 곧 권력이다.

권력은 타인을 힘으로 지배하고, 복종과 순응을 강제함으로써 집단을 유지·확장시켜 나갔다. 따라서 권력이란 집단을 통해 발전한 공격성이라고 할 것이다.

공격성에 바탕한 권력의 역사는 무척 오래 되었다. 힘이 강조된 자연환경 속에서는 권력이 가장 존중받았다. 모두를 지배했으며, 모든 것의 동경의 대상이 되었다.

야생 동물의 무리를 살펴보면, 힘센 우두머리 하나가 모든 암컷과 좋은 먹이 등을 독점하는 것을 볼 수 있다. 2인자는 철저하게 무시된다. 집단에 머리가 둘이면 그 질서를 유지해 나갈 수가 없기 때문이다.

그러나 인간 세상의 물적 풍요는 공격성, 권력에의 맹목적인 집착을 많이 완화시켰다. 특히 인터넷을 통해 실시간 정보가 전세계적으로 공개되고, 첨단기술이 발달하면서 공격적인 힘

은 그 각광을 점점 잃어갔다. 그리고 세계화 시대로 접어들면
서 휴머니즘에 입각한 합리적인 진실이 새로운 대안으로 유력
하게 떠올랐다.

더 이상 전통적인 권력은 매력적인 대상이 아닌 것이다. 더
이상 권력을 쥐고 있다고 해서 모든 부와 가치를 독점할 수 없
게 된 것이다. 오히려 권력자들에게 더 큰 도덕성을 요구하고
있고 권력자들도 가차없이 구속 수감되고 있다. 그러나 아직도
우리는 권력의 매혹에서 벗어나지 못하고 있다. 권력이 대단한
것인 양 별다른 의구심 없이 받아들이고 있는 것이다.

강금실 장관은 "권력에 대한 욕망은 누구에게나 잠재되어 있
다"라고 생각한다. 왜 그는 권력에 대한 욕망이 누구에게나 잠
재되어 있다고 생각했을까? 우리는 현재 물적으로 풍요한 사회
에 살고 있는데 말이다.

이는 바로 권력욕이 우리 안에 뿌리 깊은 원시 본능으로 자
리하고 있기 때문일 것이다. 본능은 모두 충족을 바라는 생명
에너지체다. 그러나 현대에서 원시 본능에 사로잡히는 것은 바
람직하지 않다. 현명한 적응이 아니기 때문이다. 그러나 우리
안에 새겨진 오랜 공격성의 관성은 권력에 대한 판단을 흐리게
한다.

그리고 그 맹목적인 권력에 대한 집착, 욕심은 현대 문명세
계를 원시적으로 어지럽히고 좀더 조화롭게 발전할 수 있는 가
능성을 위축시킨다. 따라서 권력에 대해 정확히 느끼고 판단할
수 있는 지혜로운 지도자의 탄생이 요망되는 것이다.

김구 선생은 《백범일지》에서 다음과 같이 말했다.

지금 인류에게 부족한 것은 무력도 아니요, 경제력도 아니
다. 자연과학의 힘은 아무리 많아도 좋으나 인류 전체로 보
면 현재의 자연과학만 가지고도 편안히 살아가기에 넉넉하
다. 인류가 현대에 들어서 불행해진 근본 이유는 인의가 부
족하고, 자비가 부족하고, 사랑이 부족한 때문이다. 이 마음
만 발달이 되면 현재의 물질력으로 20억이 다 편안히 살아
갈 수 있을 것이다. 인류의 이 정신을 배양하는 것은 오직
문화다.

강금실 장관은 권력욕에 대한 어느 기자의 질문에 "전 없어
요"라고 단호하게 말한다. 또한 "권력 무상"이라고 중얼거리기
까지 한다. 그는 현대에서 전통적인 권력이 갖고 있는 무력함
과 무상함을 나름대로 정확히 판단하고 있는 듯하다.

권력에 대한 욕망을 포기한 사람이 맞이할 수 있는 것이 곧

사랑이요, 평화다.

　프로도는 권력을 포기(?)하면서 사람들의 존경과 사랑을 받았다. 그는 왜 존경과 사랑을 받았을까? 절대권력은 그 자체의 강한 속성으로 인해 무차별한 파괴를 일삼기 때문이다. 강한 권력으로 타인을 지배하면, 겁에 질린 굴종은 얻을 수 있어도, 진정한 사랑과 존경을 받을 수는 없다.

　그러나 지배를 포기하고 권력을 그들에게 나누어주는 순간 사랑과 존경을 받는다. 권력이란 에너지를 국민에게 돌려주었을 때, 국민들은 사랑이라는 에너지로 보답하는 것이다. 사랑은 권력과 마찬가지로 강한 에너지로서 우리 존재를 구성하고 있기 때문이다.

　따라서 개인적으로 볼 때도 공격성에 바탕한 권력을 포기한 빈자리는 사랑이 채운다. 남들보다 앞서나감으로써 좋은 에너지를 차지할 수 있는 공격성과는 달리, 사랑은 연인과 자식들을 아끼고 배려하며, 더 나은 자손을 위해 자신을 희생하는 것으로서 당장의 삶보다는 영원한 발전적인 삶을 희구한다.

　우리의 정신을 이루고 있는 공격성과 사랑의 에너지는 서로 엇비슷하다. 공격성은 먹고사는 한 번의 생존에 초점을 맞춘다. 하지만 사랑은 보다 영원한 발전적인 생명에 초점을 맞추기에 사랑이 갖고 있는 에너지가 공격성보다 훨씬 더 클 듯하지만, 사랑 또한 일단 내가 존재하고 있어야 가능한 것이다. 따라서 둘의 에너지는 거의 엇비슷하다. 세대를 넘는 사랑의 큰 에너지는 보다 순화된 일부 사람들에게서나 나타난다. 그럴 경우에는 공격성을 압도할 정도로 크다.

공격성은 인생의 전반에 강하게 나타나 우리 존재를 지배한다. 사랑은 후반에 더 강하게 존재를 지배한다. 평생 공격적으로 일생을 살았던 사람도 나이가 들고 기력이 약해지면 종교를 찾고, 사랑을 그리워하다가 임종을 맞게 된다. 공격성이 집단에서 권력으로 승화하듯이 사랑 또한 개인적인 차원에서 집단을 위한 사랑, 희생, 박애 등으로 확장된다.

공격성과 사랑은 생명체를 이루는 핵심본능으로, 그 둘은 서로 대립·긴장돼 있으며 상호 변환할 수 있다. 우리 몸을 구성하는 탄수화물, 지방, 단백질 중 어느 하나가 모자랄 때 다른 하나가 결핍된 그것으로 변하면서 채워주듯, 우리 정신을 구성하는 공격성(권력)도 포기했을 때 사랑과 희생, 박애가 그 빈자리를 채워준다. 권력자가 타인에 대한 지배와 통치를 포기했을 때 그 권력은 국민들을 사랑하고, 존중하고, 국민을 위해 자기를 희생하는 사랑의 권력으로 바뀌는 것이다.

강금실 장관은 권력에 대한 욕망을 비운 채 스스로의 권력을 다른 사람들에게 나누어주는 사랑의 정치를 실현하고 있다. 자리에 대한 욕망, 집착이 없기에 그는 언행이 자유롭고 늘 당당한 것이다.

강금실의 인기를 관행으로부터의 일탈이 가져다 주는 대리만족 때문이라고 말하는 사람도 있다. 법무권력을 가졌으면서도 또 다른 권력에 맞서고, 임명권자인 노무현 대통령의 언행에 대해서도 "적절치 않다"라는 쓴소리를 잊지 않는다. 국회의원들을 향해 "코미디를 하고 있다"고 킥킥대고, 이 같은 언행을 문제삼으면 "반성한다"며 융통성을 발휘한다.

인사문제로 대립하던 검찰총장과 폭탄주를 마시고 아무렇지도 않게 팔장을 끼고 걷는다. 국회 본회의장에서도 콤팩트를 꺼내 화장을 고친다.

전통적인 관행이란 뭘까? 우리 마음 속에 뿌리박힌 권력에 대한 의식, 맹목적인 복종, 눈치 살피기 등일 것이다. 이와 같은 것들로부터 자유롭게 벗어나 진실을 말하는 강금실의 정치는 보는 이들로 하여금 해방감과 함께 어떤 환희를 느끼게 한다.

그러나 그만큼 자유롭게 정치를 할 수 있는 것은 사랑과 진실이 강금실의 인생에 뿌리 깊게 자리잡고 있기 때문일 것이다. 필자가 보기엔 그의 언행 중 그 어느 것도 치밀한 준비나 계획에 의한 것이 없다.

그저 물이 흐르는 것처럼 자연스러운 일상에서 그대로 튀어 나온 것이다. 그러면서도 강금실은 김구 선생이 갈망한 인의, 자비, 사랑, 문화의 정치를 지향하고 있다. 이는 곧 그의 삶의 여정을 그대로 반영하고 있다. 그 시도는 맹목적인 권력욕으로 초래된 어둠, 혼란, 파괴를 걷어주고 권력을 본래 주인인 국민들에게 돌려주는 데 있기 때문에 우리는 강금실에게 갈채와 환호를 보내고 있는 것이다.

마치 〈반지의 제왕〉에서 백성들과 요정들이 프로도에게 그러했던 것처럼.

감성의 리더십

K는 일류 대학을 나온 수재다. 대학을 졸업할 당시 K는 세상이 모두 자기 것인 줄로만 알았다. 일류 직장에서 일하면서 주변의 좋은 평가를 받으며 근무하고 있었다.

그러던 어느 날, 친척들과 집에서 담소를 나누고 있는데 한 사람에게 모욕을 당했다. 그는 K가 박력이 없다는 등, K의 소극적이고 수동적인 면을 공격했다. K는 매우 화가 났으나, 권위에 순종하며 그저 공부만 열심히 해왔던 터라, 반박할 만한 그 무엇인가를 찾지 못했다. 그 후 K는 극심한 두통에 시달렸다. 그리고 당시 열받았던 기억은 두고두고 K를 괴롭혔다. K는 분노가 쌓일 때마다 집안 물건 등을 집어던지고, 급기야는 직장까지 그만두게 되었다. K는 병원이란 병원은 다 찾아다니면서 치료를 받았고, 다소 증상이 완화되어 다시 직장에 들어갔다. 그러면서 문득 자신이 참 바보처럼 살았다는 사실을 깨달았다.

사회는 공부만 잘 한다고 통하는 곳이 아니었다. 돌아보면 자신의 주변에는 아무것도 없었다. 취미도, 친구도, 애인도…. 자신을 걱정해 주는 사람은 오로지 부모뿐이었다. 그리고 그 친척에 대한 분노는 계속 따라다녔다. 시간이 지날수록 그 분노는 점점 깊어갔다.

K는 새 직장에 들어가서 열심히 일했으나 다시 그만두고 말았다. 감정의 문제가 해결되지 않으면서 몸도 계속 아팠던 것이다. 급기야 K는 자살을 결심했다. 인생의 마지막 고통에까지 이른 것이다. 더 이상 견딜 수가 없었다. 자신의 시신 앞에서 너무나 슬퍼하는 부모님의 모습이 눈가를 스쳐갔지만, 무엇보다 이 고통의 세월을 견딜 수가 없었다.

친척에게 한 번 야단 맞았다고 인생이 이렇게 헝클어지다니…. 남들이 알면 어이가 없어 웃을 일이리라. '그래, 인생은 공부만 잘 한다고 능사가 아니었어. 마음을 튼튼하게 다잡았어야 했는데….'

결국 K는 간신히 자살에 대한 충동에서 벗어나 정신과 병원을 찾았다. 그 곳에서 치료의 일환으로 K는 사이코 드라마에 참여했다. 의자에 앉은 친척에게 욕도 하고 의자를 집어들어 유리도 깨고…. 약간이나마 마음이 풀려 살 것 같았다. 그래, 다시 살기로 하고 약을 받아가지고 집으로 돌아왔다. 그러나 아직 깨끗하진 않았다. 미진한 감정은 언제 다시 고개를 들어 괴물로 변할지 모른다. 사이코 드라마는 예전에도 여러 번 참여했었으니까.

그러던 어느 토요일, 그 친척이 K의 집을 방문했다. 다른 사람들과 대화를 나누다가 K는 그 친척에게 자신에 분노에 대해서 부드럽고 점잖게 말했다. 화를 낸 것이 결코 아니었다. 그저 조용히, 마음에 품은 감정들을 효과적으로 드러낸 것뿐이었다.

그러자 그 친척이 할 말을 잃은 채 고개를 끄덕이며, 사과를 하며 자리에서 일어났다. K가 이긴 것이다. 무엇보다 누구의 도움도 받지 않고, 자신의 힘으로 가장 자연스럽게 말이다. 그 날 밤 K는 너무 기쁜 나머지 펑펑 눈물을 흘렸다. 그리고 밤새 뒤척였다.

그러던 어느 순간, 갑자기 머릿속에서 무언가가 뻥 뚫리는 듯한 기분이 느껴졌다. 그러면서 어떤 액체 같은 것이 줄줄 흘러나오기 시작했다. K는 몸이 가벼워지고 기분이 상쾌해지는 것을 느꼈다. 이제 K는 자신이 좋아질 수 있다는 믿음을 가지게 되었다. 지금 이 경험만으로도 예전보다 50%는 좋아진 것 같았다.

K는 날이 밝자 곧 의사에게 달려가 이 기쁜 마음을 알렸다. "병이 많이 좋아졌습니다."

의사는 툴툴거렸다. "지난 번 드라마 때 너무 큰 거울을 깼어요." K는 빙긋 미소를 지었다. 그래, 그 때 내가 좀 심했지.

"이제 다시 취직을 해서 돈 많이 벌면 좋은 걸로 바꿔드리겠습니다."

K의 머릿속에서 터져 흘러나온 것은 정녕 무엇일까? 그것은 바로 감성이고 생명력이다. 공부를 잘 해 평생 칭찬만 받고 자라왔던 사람이 어느 순간 비판적인 공격을 받게 되자 자존심에 깊은 상처를 입으면서 생명력이 막혀버린 것이다.

그 막혀버린 생명력이 자율신경계를 뒤틀어버려 여러 가지 부정적인 신체징후를 불러온 것이다. 그런데 오랜 고통의 시간과 '벼름'을 통해 상대를 자신의 힘으로 물리치자, 곧 자존심을 회복하면서 무의식적으로 자기 자신을 누르고 있던 것을 놓아버린 것이다. 그러면서 그 동안 막혀 있던 생명력이 흘러나온 것이다.

생명력은 물과도 같다. 융 심리학에서는 꿈에서 '물'이 나타나면 무의식으로 해석하곤 한다. 생명이 물에서 탄생했으니, 생명의 근원인 물은 정신의 뿌리인 무의식과 상징적으로 소통한다는 것이다. 우리 안의 생명력은 감성으로 뭉쳐져 있기에 생명력, 감성, 물은 모두 비슷한 성질을 갖고 있다 하겠다.

물은 막힘이 없다. 막으면 고여 있다가 어떻게든 틈이 생기면 비집고 흘러나온다. 인간관계나 조직, 사회는 댐처럼 완벽하게 물을 통제할 수 없다. 따라서 물 흐르는 감성을 가진 사람은 어떤 상황이건 적절하게 적응할 수 있는 것이다. 특히 변화가 빠른 시대에서는 감성적인 적응이 더욱 요구된다.

어떤 사람은 일류 대학을 나오고 일류 직장에 들어갔으나 현재 난처한 입장에 처해 고민하고 있다. 직장을 몇 번 옮기면서 세상이 뜻대로 안 되는 것이다. 학벌은 직장에 들어갈 때만 소용에 닿았을 뿐, 그 다음에는 별 효력이 없었다. 같은 학교를 나왔다고 끌어주는 것도 아니었다.

능력을 갖추고 코드가 서로 맞는 가운데 같은 학교 출신이라면 금상첨화지만, 그렇지 않을 경우에는 학벌은 무시되기 일쑤였다. 반면에 이른바 일류가 아닌 대학을 나온 한 친구는 처음부터 인간관계 등에 힘쓰고 꾸준한 노력을 통해 현재 자신보다 탄탄한 위치에서 자신감을 갖고 삶을 헤쳐가고 있다. 그는 후회가 되었다. '왜 나도 좀더 일찍 감정적인 측면에 관심을 갖지

못했을까, 세상은 공부 잘 한다고 뜻대로 되는 게 아닌데…'

조직도 세상도 빨리 변하고 있다. 이제는 그 변화에 부응할 수 있는 인재, 리더를 원하고 있다. 변화에 적응할 수 있는 힘을 위해서는 우리 자신에게 내재해 있는 감성을 끌어내 쓰는 수밖에 없다.

이성은 고정된 상황을 풀어내는 데는 유용하지만 변화에는 신속히 대응할 수 없다. 반면에 감성은 변화에 대한 적응력을 갖추고 있다. 감성 안에는 무수한 자연변화에 적응해 온 체험이 응축돼 있기 때문이다. 이성은 인간이 집단을 형성하면서 발달하기 시작했고, 감성은 생명체가 탄생하면서 발달하기 시작했기 때문에 그 역사에 있어서 엄청난 차이가 난다. 그러니까 이성은 감성에게 그 내공에 있어 적수가 되지 못한다.

아기가 잘 때 이불을 덮어주면, 아기는 잠든 채 이불을 발로 차버린다. 이성은 잠자고 있지만 감성은 깨어 있어 적절하게 아이의 컨디션을 유지시켜 주는 것이다. 그것이 바로 감성이다. 보이지 않는 것도 볼 수 있고 미래까지도 느낄 수 있으며, 떠오르는 가운데는 파악되지 않는 것이 없다. 물론 이는 부지런한 감성의 경우다. 감성이 게으르면 이성까지 에너지를 공급받지 못해 여러 면에서 둔해질 수밖에 없다.

강금실 장관은 부지런한 감정의 소유자다. 검찰 문제를 다루는 것을 지켜보면 그야말로 빈틈이 없다. 이성은 이성대로, 감성은 감성대로 잘 발달해 있다. 그만큼 깨어 있고 끊임없이 노력하기 때문일 것이다.

실제로 강금실은 '적'까지도 자기 사람으로 만든다. 일부 한나라당 의원들은 법사위 등에서 성실하고 고분고분한 태도를 보여온 그녀에게 호감을 표시하곤 했다. 이런 강금실의 리더십을 '공감의 리더십'이라고 표현하는 사람도 있다.

사람을 단칼에 내치지 않고, 개개인의 고충에 귀기울일 줄 아는 강금실 특유의 리더십이 조직을 단합시키고 있는 것이다. 어쩌면 우리 정치의 발전은 정치인을 욕하는 것보다는 정치인에게 관심을 갖고 사랑하는 데서 그 열쇠를 찾을 수 있을 것이고, 그 가능성을 강금실이 보여주고 있다.

감성에 바탕한 리더십에 있어서는 남성보다 여성이 더 적합하다. 생명의 근원은 모성이지, 부성이 아니기 때문이다. 또 끈끈한 생명력의 발휘는 남성보다 여성이 더 강하기 때문이다. 고정된 인생에 익숙해 온 아버지는 변화가 생기면 크게 당황하고 무너지는 경우가 많지만, 끝까지 자식들을 붙들고 먹여살리는 것은 어머니인 경우가 많다. 남성은 권위주의나 체면을 바탕으로 세상을 바라보지만, 여성은 현실을 있는 그대로 받아들이며 적응하기 때문이다.

마리안 N. 루더만 등이 지은 《21세기 여성 리더십》에 따르면, "민주적이고 부드러운 여성의 리더십은 친밀하고 관계 지향적이며, 감성과 상상력이 이끌어갈 21세기 사회에서 가장 강력한 경쟁력이 될 것"이라고 조명하고 있다.

짐 콜린스의 베스트셀러 《좋은 기업을 넘어서 위대한 기업으로》에 나오는 위대한 기업가들도 모두 내성적이면서도 강한 의지의 소유자였다. 감성은 뿌리 깊은 생명력에서 나오는 에너지로 커다란 일도 적절하고 효과적으로 이루어낸다.

능동적이고 적극적으로 변화해 가는 다음 사회에서 감성의 리더십을 갖춘 지도자들은 그 능력을 한껏 발휘할 수 있는 장을 얻게 될 것이다.

21세기 한국 사회을 이끌어갈 대표주자 강금실 장관.

그의 감성의 리더십이 앞으로 어떻게 빛을 발하게 될지 사뭇 궁금하다.

열린 사회, 열린 소통을 위하여

겨울이 있어야 비로소 봄이 온다는 것은 늘 자연의 순수한 이치이거늘, 그 순간마다 새로운 감흥이 생겨나는 것은, 아마도 '만물은 늘 변화한다' 라는 한결같은 진리에 터잡고 있기 때문인가 봅니다. 요즘 들어 만물의 숨결이 좀더 선명하게 들려오는 것을 보니 2004년 우리 사회에도 봄의 전령들이 앞다투어 달려오고 있는가 봅니다.

지난 한햇동안 저는 장관님으로 인해 무척 즐거웠습니다.

한 편의 아름다운 시(詩)가 한 사람의 삶을 바꾸어놓듯, 장관님의 자유롭고 거침없는 행보는 정치를 바라보는 제 시선을 깊이 바꾸어놓았습니다. 마치 장관님이 전국 검사들에게 보낸 편지에서, 그 동안 검찰을 바라보는 당신의 시선이 잘못되었노라 털어놓으셨던 것처럼 말입니다. 주변 사람들과 운동을 하거나 술을 마시면서 어쩌다 장관님 이야기가 화제로 떠오르면 모두들 저와 같이 즐거워했습니다. 상식이 통하는 정치, 원칙과 신뢰에 바탕한 정치가 펼쳐지는 것을 보고 그 어느 누가 마음 속 깊은 울림을 갖지 않을 수 있었겠습니까.

물론 장관님에 대한 비판적 시각을 가진 사람들도 있었습니다. 하지만 상식이 통하는 사회에서의 비판은 건강한 정신을 반영하게 마련일 것입니다.

일방통행을 강요하지 않는 상호소통의 열린 길 위에서 장관님에 대한 지지자의 한 사람으로서 이만한 즐거움쯤 가진다고 해서 누가 뭐라고 할 수 없을 것입니다.

다가오는 2004년 우리 사회의 봄은 그 어느 때보다 뜨겁고 치열한 한 계절이 될 것입니다. 참여정부의 1년 성적을 평가받고, 앞으로 우리 사회를 이끌어갈 새로운 인재들이 나타날 전망입니다. 이처럼 중요한 시기를 맞이해 저는 장관님께 다음과 같은 바람을 밝히고자 합니다.

저는 법에 대해서는 문외한이지만, 인권 침해를 받는 사람이 이 사회에서 단 한 명만 나타나더라도, 그 사회는 건강하다고 말할 수 없다고 생각합니다. 물론 법이 인간의 모든 행위를 포착할 수는 없을 것입니다. 따라서 인권의 보호는 법적 시스템의 개혁을 통해서 풀어가야 할 문제라는 데는 동의합니다. 제가 인권과 관련해 장관님께 바라는 것은 하루라도 빨리, 그 개혁을 앞당겨야 한다는 것입니다.

장관님께서 취임사에서도 밝히셨듯이, 인권과 관련해서는 너무나 많은 현안들이 산적해 있습니다. 정신과 전문의로서 일하면서 저는 많은 사람들의 다친 영혼들을 만날 수 있었습니다. 한 사람의 정신적 상처는 그 사회의 정신적 수준을 가리킵니다. 성적 차별과 소수자들의 차별을 조장하는 법제의 어둔 그늘 아래에서 한번 입은 상처에 계속 멍을 들여가는 사람들을 생각한다면 인권 보호는 시간을 두고 처리할 문제가 아니라고 생각합니다. 인권 침해는 이 사회 다양한 곳에서 다양한 모습으로 나타납니다.

인간이 사회를 이루고 사는 까닭은 자신의 권익을 좀더 효율적으로 보장받기 위해서입니다. 그런데 그러한 사회로부터 오히려 상처받고 소중한 삶을 절망 속에서 보내야 한다면, 이는 진정한 의미에서 '사회'라고 할 수 없을 것입니다. 다른 나라들로부터 '야만 사회'라고 평가받는 현 우리 사회의 인권 수준을 우리 사회의 아들, 딸들에게 어떻게 설명할 수 있겠습니까.

저는 단언컨대 국가보안법 철폐에 대해서는 반대합니다. 국가보안법 철폐에 대한 주장은 한 사회가 갖는 변화수준의 외연 확대를 상징하는 의미에서는 긍정적이지만, 그것이 실현되기까지는 현실적으로 너무 오랜 시간이 걸릴 것입니다.

앞에서도 말씀드렸지만 인권 문제는 결코 시간을 두고 처리해서는 안 됩니다. 지금 이 순간에도 차디찬 사회 구석 한켠에 갇혀 신음하는 사람들이 많다는 사실을 우리는 늘 염두에 두어야 할 것입니다.

국가보안법 '철폐'가 아니라 '개혁'에 대해서는 어느 정도 사회적 합의를 이루어낼 수 있습니다. 점진적인 개혁을 통해 그 전체의 성격을 바꾸어가자는 것입니다. 마치 장관님께서 사법부 수장으로 취임해서 지난 1년 간 그 특유의 리더십으로 검찰의 새로운 위상을 정립시켰던 것처럼 말입니다.

문제는 그 개혁의 시점이 좀처럼 잡히지 않는다는 데 있습니다. 거듭 바라는 바이지만, 장관님께서는 하루 빨리 그 개혁안을 확정시켜 주시기를 바라마지 않습니다.

물론 이는 장관 한 사람의 역량으로는 역부족일 것입니다. 장관님께서는 지난 인권변호사 시절, 소외받고 고통받는 사람들의 편에 서서 많은 도움을 주셨습니다. 이제 장관님께 도움을 받은 국민들이 장관님을 도울 차례가 아닌가 싶습니다.

필요하다면 국민의 힘들을 얼마든지 가져다 쓰시기 바랍니다.

바야흐로 총선 정국을 맞이하여 또다시 당리당략적 차원에서 한 해의 정치적·법적 현안들이 뒷전으로 밀려난다면, 그동안 애써 이룩한 개혁의 성과들은 한순간 물거품이 되고 말 것입니다.

부디 인권문제, 나아가 국가보안법 개혁에 대한 전사회적 합의를 이끌어내는 데 강금실 '인권' 장관님께서 그 특유의 힘과 지혜를 보여주시기를 소원합니다.

이 사회의 또 다른 '강금실' 을 위하여

2003년은 진정 다사다난했다. 새로운 정부가 출범하고 새로운 얼굴들이 '개혁' 의 기치 아래 모여들었다. 이들에게서 새로운 희망을 찾으려는 국민의 기대 또한 그 어느 시대보다도 깊고 넓었다. 그 동안 정치권에 대한 관심을 포기했던 사람들도 참여정부의 발언대에 점점 귀를 기울이기 시작했다.

눈에 띄는 새 얼굴이 있었다. 인권 변호사 출신의 강금실 법무부 장관.

강력한 권위의 상징으로서 전통적인 남성들의 전유물로 여겨져 왔던 법무부 수장에 가녀린 모습의 여성이 기용된 것이다. 나라 전체가 술렁거리기 시작했다. 그러한 술렁거림은 기대보다는 우려 쪽에 초점이 맞추어져 있었다. 이는 또한 순탄치 않은 개혁의 항로를 예고하는 듯했다. 그리고 1년에 가까운 격동의 세월이 흘렀고, 강금실 장관은 각종 국내외 언론매체를 통해 ‘2003년 올해의 인물’로 주목을 받았다.

2004년 새해가 밝았다. 또다시 사람들은 새해를 맞이해 새로운 희망을 찾으려는 기대감에 부풀어올랐다. 그런데 사람들의 얼굴에는 2003년 초보다 한결 여유로운 빛이 아른거렸다. 거친 개혁의 풍랑 속에서 희망의 이정표로 삼을 만한 확실한 인물 하나를 확보해 둔 탓이었다. 그는 2004년에도 변함없이 자신의 자리를 성실하게 지키고 있다. 그리고 한 사람의 ‘가치’가 한 사회에 얼마나 많은 영향을 미치는지, 그를 따르는 국민들은 이제 지난 경험을 통해 알고 있다.

필자는 이 책을 집필하면서 하나의 확신을 가지게 되었다. 다름 아닌 머잖아 이 사회에 제2, 제3의 강금실이 등장할 것이라는 믿음이다. 이것이 곧 ‘코드’의 힘이자 상호소통의 파급력이다. 진실의 향기가 가득한 사회, 이는 바로 강금실 장관과 함께 하는 원칙과 상식이 존중받는 사회로의 아름다운 여정일 것이다.

　이 책을 마치며 필자는 다음과 같은 또 하나의 유쾌한 확신을 가지게 되었다. 2004년 올해의 인물 또한 이 사회의 수많은 '강금실' 이다.

부드러운 칼의 노래
— 아름다운 휴머니스트 강금실

지은이 / 김정일
펴낸이 / 김경태
펴낸곳 / 한국경제신문 한경BP
등록 / 제 2-315(1967. 5. 15)
제1판 1쇄 인쇄 / 2004년 1월 12일
제1판 1쇄 발행 / 2004년 1월 15일
홈페이지 / http://bp.hankyung.com
전자우편 / bp@hankyung.com
주소 / 서울특별시 중구 중림동 441
기획출판팀 / 3604-553~6
영업마케팅팀 / 3604-561~2, 595
FAX / 3604-599

＊파본이나 잘못된 책은 바꿔 드립니다.
ISBN 89-475-2468-9

값 9,000원